Roberto Gualducci

Teschio di cane

a cura di Chiara Gambel

Ringrazio Il mio libro.it per la pubblicazione di una prima stesura del romanzo

Introduzione

L'elicottero, l'autentico prodigio del genere umano; lo guarderei volare per giorni interi, a bocca aperta a chiedermi com'è possibile, come diavolo lo hanno fatto.
- Fate presto, vi prego. -
E trovo meravigliose pure le previsioni del tempo, qui le chiamano così, dove un manichino imbellettato mostra una carta geografica luminosa che è capace di riassumere la verità riguardo leghe a migliaia.
- Mi passi il commissario. -
Ripenso al tempo in cui il mozzo stava sulla coffa a cercare l'odore del gelso o dell'agrume, e al capitano che scrutava il volo del gabbiano per accertarsi che il fortunale non tornasse a scuotere gli uomini e il legno.
- L'elicottero è già qui sopra, commissario. -
E penso a quanti legni stanno adagiati ai fondali, carichi di merci e di gonzi che hanno annusato il gelso dove non c'era, e ai capitani finiti nella pancia del pescecane solo per colpa di un gabbiano storpio o sbronzo, eh eh eh.
- Non so; è stato l'istinto, la paura, non so se ho fatto bene. -
Bene? Qui non vedo nulla di ben fatto! Guarda come hanno ridotto il tappeto: questa è roba degli altopiani del Moghul, originale, che a Smirne ci volevano trenta scudi per portarselo a casa. Il resto no, il resto è solo pattume che vorrebbe passare per artistico ma che non vale una gamba di legno piallata a ruvido da un falegname maltese. -
- Sì, non potevo far altro ... Venga subito, commissario Casanova. -

*Ho preteso che l'autore utilizzasse per me un carattere grafico che si distinguesse nella narrazione. Siamo d'accordo, dunque: ogni volta che v'imbatterete in questo corsivo sarò io a parlare. E poco importa se non sarò presente in scena, se vi sembrerà illogico che spunti il sottoscritto: io farò capolino quando serve, così da impedire che la storia prenda pieghe contrarie alla volontà che m'ispira.
Quante volte succede che le cose si dispongano su un sentiero segnato e che gli eventi non possano far altro che ordinarsi nel solco previsto? Quasi sempre è così.
Ma inatteso arriva lo strattone, lo scherzo del fato; l'odore d'agrume è smarrito e gli occhi trovano solo nuvole e sale, la pioggia rinforza e dalla coffa non si vede più nulla. A canappia in su i marinai guardano voi indicare la dritta e la manca, come a intendere che avete tutto sotto controllo, finché un colpo di vento si porta il vostro cappello e la sottostante maschera di certezze a cercare tra le onde un punto dove aspettarvi.*
- Un regolamento di conti nella comunità omosessuale? Mah, non credo, a me sembra uno sconsiderato gesto di gelosia. -
Sì, ci manca solo che spunti mia zia vestita da ammiraglio.
- Hanno suonato alla porta. Ho paura, Casanova. -

*Acqua stagnante, carezza pestilenziale per le caviglie di un mozzo rinchiuso in sentina ad attendere che di sopra decidano quale sorte lui abbia meritato.
La storia comincia così; come andrà a finire, beh, ve l'ho appena detto.
Da giorni - forse tre, a giudicare dalle lame di luce che si spostano, spariscono e ritornano - i topi rosicchiano la carogna di un cane, una minuscola nave dall'equipaggio vorace e rumoroso che va su e giù per il piccolo mare compreso nel fasciame ricurvo.*

Bartolomeo, troppo giovane per tutta quella paura, esaurito i Santi pregò anche i topi perché gli inventassero una via di fuga, ora che l'onda batte placida e che presto il brigantino avrebbe trovato un posto, chissà quale, per far riposare gli uomini e per regolare le questioni in sospeso.
La fuga: solo la fuga, per vivere.
Non la spada, che intanto sopra c'erano venti spadaccini più abili di lui; e neppure la favella degli avventurieri che, millantando un tesoro occultato, scappano da incendi appiccati durante il sonno dei creduloni e in qualche modo riescono a salvarsi la pelle.
Nocchiero da un mese, Bartolomeo è carne giovane tra gli sdentati mozzi protetti dalle insegne della Repubblica; marinai zoppi, sudici, sordidi nelle voglie di uomini senza mai donne, se non appestate baldracche d'angiporto.
La fuga: e scoprirsi funambolo; saltimbanco più svelto delle palle d'archibugio e nuotatore di sventura che, dopo i primi salati sorsi, capisce che la paura o ti uccide o t'insegna.
Nuotatore sgraziato che si rallegra nel constatare che lo squalo preferisce chi è in carne e dunque snobba i tipi ossuti come fanno le dame in Strada Nuova che, appena ti vedono, prontamente cambiano il lato del passeggio.
Ma invece che raccoglierne la preghiera, sordi come i Santi, i ratti non gli davano retta: ripulita la carcassa, a decine si contendevano un altro marcio pasto veloci da destra a sinistra e viceversa. E alcuni, da qua in là e subito di ritorno, prendevano per morti i piedi ancora vivi e li addentavano. Solo il cadavere di uno tra i mordaci, stritolato dalla mano libera, riusciva a distrarne la fame.
- Non saranno loro ad aiutarti, Bartolomeo. - la voce sembrò nascere dall'onda che spinge i riflessi fin dentro l'oscurità.
- Chi ha parlato? - chiese lui, spaventato e solo.

- Bussano alla porta, sarà la pattuglia? Venga anche lei, commissario, faccia presto. -

I riverberi, diamantini e dispettosi, non svelavano chi gli stesse parlando - No, non saranno i ratti ad aiutarti. - Bartolomeo stava ritto quanto possibile e mai come in quel momento gli parve corta la catena che lo assicurava alla base dell'albero maestro.
- Chi sei? Fantasma di paura e di fame o forse sei già l'arcangelo mio accompagnatore? -
- Io non so ancora chi sono, o povero nocchiero disubbidiente. Senza il tuo aiuto io non posso rispondere a questa domanda. -
E se parola non fosse più? Se adesso gli arrivasse il primo colpo di quanti ne serviranno per ucciderlo? - Cosa vuoi dire? -
Solo la polvere sospesa nei fili di luce trova un corpo dove posarsi - Ora che il tuo destino già scende la scala che porta a questa prigione, Bartolomeo, tu richiama alla mente chi vorresti vedere come ultimo volto amico prima della fine. -
E così, partorita dal buio, la ragazza del porto di Levante mosse un passo in avanti; un falcetto di sole le accarezzò i capelli di seta - Bartolomeo, Bartolomeo: - *lo canzonò la voce riconosciuta e dolcissima* - hai pensato a me? A me e non al padre mercenario a Galata, non alla madre operosa tra le ceste in Santa Brigida né a Giobatta, compagno d'osteria in Salita di Castello. - *sospirò* - Hai scelto me e l'illusione che rappresento, figlia matrigna di due brevi incontri già perduti nel tempo. Bartolomeo, Bartolomeo ... -
- Devo essere pazzo. La fame! Sì, tu sei lo spettro della mia fame. O, peggio, della sete. Tu dai un corpo alla mia sete. -
- Sì, alla sete che è dentro di te, la fiamma ribelle alla catena che ti fa parte di questo legno nuovo e già fetido. - *fece una giravolta di danza e la veste color crema si svasò* - Hai voluto vestirmi com'ero al nostro primo incontro. - *sorrise.*

La carcassa del cane le s'impuntò fra le caviglie che ne impedivano il transito; lei abbassò uno sguardo caritatevole - Oh, poverino. -
Quella voce non può essere terrena; troppo è l'effetto sul cuore, troppo forte è quel richiamo perché in Bartolomeo non salga l'amarezza di quando, al risveglio, capisci che la felicità la si può solo sognare - Tu non esisti. Abbandonarmi a te è non avere pace neppure prima dell'ingiusta pace cui degli uomini ingiusti mi condannarono. -
- Quale pace, Bartolomeo? Ciò che tu vuoi non è la pace, e il candore della scelta che a un compagno d'armi ha preferito me, dolce chimera, non sarà ragione bastante a che il mondo ti risparmi. -
Lui tornò seduto - A cosa mi servirebbe la pietà del mondo, senza avere la libertà di poter vivere per te soltanto, noi due uniti ogni giorno di più? - si trovarono lo sguardo, con lei ad accarezzare la carcassa ai suoi piedi - Incontrarti un giorno al porto del Levante e aspirare alla felicità fu una cosa sola. Ora puoi dirmelo: tu lo avevi capito, non è vero? -
Un rumore scosse l'imbarcazione: l'ancora aveva teso la gomena e adesso eravamo fermi.
- Per te ci può essere di più di un matrimonio che evapora nel tempo, rinnegato negli imbarchi e nelle osterie; di più di un sentimento che si consumerà in mille approdi diversi e tutti uguali, nei dadi e nel vino, nei panni rassegnati che s'indossano insieme ai primi capelli d'argento.
Se nella tua follia d'amore brami il medesimo destino di chi sarà deluso dall'amore stesso, qual è la grande scommessa che senti scoppiarti dentro? Che cosa avrai davvero desiderato per la tua vita, Bartolomeo, quando il nocchiero Cornacchia verrà a reciderla? -
Echeggiano delle risate catarrose, dei passi risuonano subito sopra la sentina.

- *Non lo so, soave fantasma di colei che non ebbi. Ora che io e lo scheletro che tu accarezzi siamo accomunati nel valore e nelle attese, tu poni la domanda che più mi rattrista. Io volevo te, solo te, una scelta facile e difficile com'è da sempre l'unica cosa da fare. -*
Qualcuno rutta di là dalla porta: alla domanda - *Allora, compari, si va?* - la voce di Erasmo Farina detto Cornacchia risponde - *Andiamo a prenderlo!* -
- *Hai sentito? Quali fossero i miei desideri, ecco arrivare chi li spezzerà. Ha ancora importanza il motivo che li ha spinti fino a qui? Quale rinnovato onore merita la vita che non mi ha permesso di averti? Che rammarico portare all'altro mondo giacché mai ascoltai i tuoi sospiri per me, né il respiro tuo rompersi nel ricevermi?* - il riverbero infiamma il vero e l'irreale, gli occhi e le lacrime - *La mia alba di speranza non sarà mai mattina tersa, né giorno maturo, né pomeriggio di riprova.*
Né sarà sera, dolce di confidenza. -
- *Sì, Bartolomeo: c'è ancora qualcosa che ha importanza, se è vero che la carcassa che io accarezzo non ha scelto il colpo che la uccise, né il topo che per primo gli lacerò la carne. Tu, uomo fortunato tra i cadaveri, hai qualche istante ancora per manifestare vitalità e arbitrio.* -
- *Per quanto assurdo sia, spettro prezioso, dentro il cuore riconosco la tua ragione. Nel guardarti e nel desiderarti, sebbene la vita sia questione di attimi, riassaporo l'arbitrio che mi porterebbe a scegliere te. La mia follia, e tu ne sei parte, esprime quel che in condizioni usate mai compresi così chiaro: sono pieno di vita e di te al punto che solo la morte potrà rendermi recipiente grande abbastanza per ciò che è scritto che io contenga.* -
- *Allora scegli, amore, scegli finché puoi.* -
- *Scegliere? Per me è tempo d'essere scelto.* -

- Scegli, Bartolomeo. - *il suo respiro è di confetto, è fresco di sambuco; attorno ai due ragazzi, ora vicini come mai prima, sartie nuove e funi pendule alludono agli oggetti spostati nel vano di prora che ospita gli ori destinati al Regno di Spagna* - Se di morte si tratta, scegli se sarà una e tua soltanto o se saranno cento ma per amor mio. -
- Gli uomini e le catene disporranno per me, ormai; e io sono triste, poiché solo in punto di morte ho ascoltato la parola amore nascere nella tua bocca, travolgere il mio cuore e diventare il ricordo più caro per tutto il poco tempo che mi rimane. -
- Regalare le carni alla macelleria degli uomini o il cuore agli eterni morsi dell'amore: tu puoi ancora decidere, tesoro mio. -
- Come? -
- Ricevendo da me il dono di cui io ho più bisogno: sposando la protezione per me e per la cosa che custodisco e che, nel difendere col ferro e col fuoco, sempre più sentirai appartenere al tuo animo. Sarà questa la corda che ci avvicinerà da capi lontani senza che mai esista capo terzo a intromettersi. -
Il chiavistello fu tirato e le voci roche tagliarono il buio.
- Qual è il tesoro da difendere? - *le chiese Bartolomeo.*
Lo sguardo magnifico si posò sull'oggetto delle sue attenzioni che però, reso fragile dal lavoro dei topi, si divise in due lasciandole in mano il teschio - Oh, poverino. - *se ne sorprese.*
La porta si spalancò e nell'aria irruppe la farsa di marinai allegri e fintamente indecisi, uomini spietati che si contendono l'onore di varcare per primo l'uscio stretto.
- Questo, amore mio. È questo l'oggetto di cui avere cura e premura. La scelta dell'oggi e del domani che sarà. - *lo sguardo si fa incantesimo* - La catena, la corda, il segreto; il

motivo che ci renderà eternamente all'altezza di un sentimento che mai svanisca nella noia delle cose terrene. -
Bartolomeo la vede tornare ombra nell'ombra. L'oggetto passa di mano e le loro dita si sfiorano.
- Devi scegliere quale condanna avere, quale salvazione, ma devi deciderlo adesso. -
Erasmo Farina detto Cornacchia, il primo a entrare nel cono di luce alla base dell'albero maestro, vide Bartolomeo tenere in mano il teschio del cane - Ehilà, giovane infelice: hai scelto ben miserabile dio cui confessare i tuoi peccati! -
Gli altri due risero - Eh già, compare nocchiero: l'ultimo dei mozzi ha eletto tra gli dèi l'ultimo dio disponibile. -
Lui inseguiva uno sguardo già fatto di polvere - Salvami. - con un fil di voce conteso alle lacrime, Bartolomeo scelse.
- Ah ah ah! Avevo visto giusto, lo stava pregando! Quando lo racconterò agli amici di Gibilterra, ebbene, chi mi crederà mai? - risero sgangherati.
Cornacchia colpì Bartolomeo al volto; questi stramazzò sul tavolame e, dal palmo, il teschio cadde nell'acquitrino.
- Si va alla festa in tuo onore, piccolo mostro: alzati! - lo liberò dal morso del polsino e lo prese per il bavero, sollevandolo finché i due volti non furono vicini.
Cornacchia si stupì, e molto, quando lo sguardo di Bartolomeo si fermò dritto nel suo.

1

Gas si stropicciò gli occhi e i polli tornarono nitidi fra le fiamme del girarrosto; lo squillo del telefono lo riportò al presente - Qui Pollo-sprint. - rispose.
- Casa Torricelli: quattro polli per le venti e un quarto. -
- I soliti quattro alla solita ora al solito indirizzo: sarà fatto! -
La governante non apprezzò il tono arzillo - Venti e un quarto vuol dire un quarto dopo le venti. Per solita ora, voi della Pollo-sprint raramente intendete le venti e un quarto. -
- La troia che sei te e la troia che fu tua mamma! - imprecò Gas dopo aver riattaccato - E figlio di puttana pure lo ... *studente*! -
Sicuro di ciò che lo aspettava si armò di pentolone, di forca e uscì in cortile; la finestrella al primo piano presentava ben fioca illuminazione. Gas si mise a far casino - Sveglia! Sveglia! - un rumore di bombardamento salì dagli strumenti dei bolliti.
Al balcone spuntò il volto assonnato di Willy - Eh? Ma sei scemo? Sto studiando. -
- Il modo per non avere sonno una volta sveglio, ecco cosa studi tu. Scendi giù, porco zio! Ci sarebbe da guadagnarsi la pagnotta: hai presente la cosa che i minchioni come me chiamano lavoro? -

- Uffa. -
- Uffa una fava; e non farmi ripensare al tono della megera dei Torricelli, che sennò mi c'incazzo di nuovo! -
- Ci sono stato solo una volta e ho tardato cinque minuti. Tu dici sì a tutti e io devo essere in dieci posti alla stessa ora!

Guarda stasera: tra le otto e le otto e un quarto ho tre consegne. Come cazzo le faccio? -
- Però le cinque prima sono distribuite in buona logica. Il segreto del successo sta nell'usare la pollo-moto concepita affinché tu non abbia le noie dell'auto-pollo, noie che fra l'altro mi costarono svariati chili di contravvenzioni. In moto fai prima, asino. -
- Preferisco l'auto-pollo: eccezion fatta per le decalcomanie di pennuti arrosto, è un mezzo più elegante. La pollo-moto, invece, con le scocche a cosciotto, la cresta sul fanale, il bargiglio pendulo più quella troiata di "da Gas: el pollo che te piaas!" scritta sullo scudo, è ridicola e io la odio! -
- Tu odii la pollo-moto? Scherzi? -
- No, la odio! La gente mi prende per il culo. -
- Non ti piace il motto scritto a pulcini allegri? -
- Mi fa schifo, il motto scritto a pulcini allegri! Allegri per cosa? Cos'hanno da essere allegri? Sapessi l'umiliazione di quando passo nei carruggi e mi arrivano certe risate che coprono il rumore della marmitta. Là in mezzo ci sono i miei compagni d'università e il giorno dopo mi tocca sopportate gli sguardi che, tradotti, suonano come "C'è l'imbecille". -
- Apprezzerai almeno il progetto dell'Apollo tredici. -
- Se vari l'Apollo tredici io te la stampo nel primo muro a disposizione! -
- Se danneggi la navicella io ti passo allo spiedo! Ti scuoio! Ti rompo ... - lo squillo del telefono fu per Willy la campanella per il pugile all'angolo - Qui Pollo-Sprint! - Gas, cornetta all'orecchio, lo guardò tra l'astuto e il risentito - Sì, signora De Martini, ok per le otto. - e perfido declamò - Da Gas: el pollo che te piaas! -

Ultimi pezzi nel portapacchi, otto e un quarto in punto. Posteggiata la motoretta, Willy percorse la mattonaia che sale al portone principesco. Da quelle parti, palazzo più

vicolo meno, finisce il Rinascimento e comincia la città medievale.
Willy pigiò il tasto del video-citofono e, quasi a fargli da controcanto, dal carruggio attiguo risuonò un timbro di sonagli; soltanto un lampione illumina la piazzetta, lugubre anfiteatro pensato per un pubblico di spettri.
- Posto da brividi. - i campanelli da monatto suonarono ancora, ma più lontani. Willy rimise il volto al video e la targhetta Torricelli-Noci s'illuminò - Sì? -
- Pollo-sprint, signora. -
- Salga. - al suono secco, il portone si aprì e lui fece ingresso nell'androne. Mentre il portone si richiudeva, per quello scherzo del timore che fa indugiare proprio dove non si vorrebbe, Willy sbirciò fuori: un mendicante disteso nei suoi stracci lo fissò fino a che l'anta non lo nascose, e fu come se il portone lasciasse fuori la città ai tempi della Grande Peste.
L'ascensore richiuse gli scorrevoli, silenziosi specchi fra statue e fontane, e cominciò a salire verso l'attico; ma se Willy sperava d'aver lasciato a piano-terra le trappole dell'immaginazione, un gemito fra i pianerottoli lo mise in allarme - Cosa succede, stasera? Lo ricordavo come un posto lugubre, ma stavolta è anche peggio. - l'ascensore lo depositò fra le sempreverdi del ballatoio rischiarato appena dalla luce di cortesia; sbirciando nella tromba delle scale scorse una figura seduta a metà rampa, fra le balaustre bianche una schiena larga un metro vestita a strisce variopinte.
- Buonasera. - Willy si voltò di scatto: la governante si era materializzata sull'uscio - Solo cinque minuti di ritardo: va un po' meglio, ma se sta lì impalato il ritardo aumenta. - anche lei sembrava pescata fra le maschere di un incubo.
Lui giustificò il suo tentennamento - Ehm, al piano sotto c'è un tizio seduto sulla scala. - indicò la fonte dei lamenti.
Lei capì al volo - Mi scusi un istante. - tornò all'interno.

Traguardando il corrimano, di quel tale si vedevano anche le gambe costrette nei pantaloni corti e le ginocchia con sopra appoggiato un album a colori. Fece capolino una mano, a seguirne le vignette in abbinata a brevi impennate della voce.
Da dentro l'appartamento si sentì chiudere una porta e aprirne una più vicina - Giù si sono persi Evangelo, signora. Venga lei all'ingresso, che c'è il tizio dei polli. -
La domestica superò Willy per dirigersi da basso; discesa la rampa, si avvicinò a quel tale e gli posò una mano sulla spalla. Bastò quel momento per qualificare le proporzioni fra i due: lei esile, lui gigantesco.
- Si accomodi. - una donna bellissima invitò Willy a entrare e finalmente fu accesa la luce dell'ingresso - Porto i polli in cucina finché sono ancora tiepidi: quanto le devo? -
- Ventiquattro euro. -
La donna si allontanò nei meandri dell'appartamento e altri turbamenti, in Willy più insoliti ancora, diedero un segno inatteso: infatti, lui si scoprì a seguirne le forme fino a che non scomparvero oltre lo spigolo di un corridoio.
Momentaneamente solo, Willy si diede un'occhiata in giro; fra gli oggetti pregiati era protagonista il quadro a fondo stanza, al punto che tutto l'arredamento sembrava pensato per esaltarlo: tre metri per due, la tela ritraeva un brigantino in fiamme mentre varcava l'imboccatura del porto; i colori del legno emerso dalla tenebra e l'esplosione di luce a centro tela ne facevano un'opera mirabile. La poppa riportava, nitido nel gioco dei riverberi, il nome dell'imbarcazione: San Barnaba dei Monti.
Willy si sentì osservato e si volse: in fondo al corridoio, compreso tra gli stipiti di una stanza illuminata da candele, era comparso un ragazzino dallo sguardo privo dell'energia della gioventù. I due si guardarono in silenzio finché non risuonò il richiamo - Gabriele, è in tavola. - al che il giovanotto uscì di scena.

Willy tornò al quadro; realista da rasentare il fotografico, pian piano gli rivelava nuovi dettagli.
- Lei apprezza la pittura del nostro Settecento? - la padrona di casa gli porse le banconote.
Lui le intascò - Purtroppo no, non m'intendo di quadri. -
- Eppure m'è parso che lei lo esaminasse con l'occhio dell'esperto. È un Simone da Coronata, paesaggista del diciottesimo secolo. Lo abbiamo acquistato qualche anno fa in Campetto, battuto per settantacinquemila euro. -
- Complimenti. - per entrambi venne il momento di sorridere - Non si direbbe un paesaggista, però; certi dettagli, sebbene dipinti con maestria, fanno del quadro un'opera di fantasia. Un paesaggista non dovrebbe dipingere di fantasia, no? -
- Vede? La sua assomiglia a un'osservazione da addetto ai lavori. E mi dica: quali sarebbero i dettagli che ne farebbero un'opera di fantasia? -
- Il drappo nero in testa all'albero, cranio e tibie incrociate, presuppone che il brigantino fosse una nave pirata; così non è, perché il San Barnaba dei Monti era in forza alla marineria della Repubblica. Senza contare che i pirati non potevano certo navigare da queste parti, visto che a quel tempo già incrociavano flotte inattaccabili. Il teschio, poi, è una rappresentazione romantica: al più era uno straccio nero a sventolare sull'albero maestro dei bucanieri, e comunque ci sventolava in mari lontani. -
Lei fece una smorfia d'apprezzamento e la bellezza ne fu esaltata - Caspita! C'è dell'altro? -
- Qualcosa c'è, mi sfugge ma c'è. - Willy sforzò lo sguardo e l'intelletto, finché schioccò le dita - Ci sono: quel brigantino non è mai entrato in porto, come il quadro sottintende! -
- Non ha appena detto che era in forza alla nostra flotta? -
- Lo era, ma calò a picco alla prima spedizione. Partito carico di ricchezze prestate dagli armatori Squarciafico al partner commerciale di quel tempo, il Regno di Spagna, il brigantino

finì su una secca davanti a Gibilterra, dopodiché un fortunale lo squassò sugli scogli. - una pausa - Mi spiego? Il San Barnaba non è mai entrato in porto, ne è solo uscito. -
- Uno che consegna i polli a domicilio è tenuto a sapere tutto ciò? Incredibile. -

- Guarda che ti si fredda il pollo. -
- I polli sono per Gabriele, mio marito e gli ospiti. Io, d'abitudine, ceno alle sette in punto. -
- Secondo la dieta del momento? -
- Perché? Mi trovi grassa? -
- Non grassa, piena. -
- Detesto quella parola! -
Un click alle loro spalle - Evangelo recuperato, signora. -
- Raggiunga gli altri, Germana, che il pollo sarà gelato. -
La domestica sfilò verso gli ambienti interni; con uno sguardo sprezzante avvolse Willy e tutto il creato.
- Oddio - sussurrò lui - simpatica non mi pare. -
- Eh eh. Inappuntabile, di formazione tedesca, ma lesbica e antipatica. - nella risata d'inizio frase c'era sì della simpatia, liberata come se abitualmente costretta a nascondersi; la bellezza, invece, in tale quantità non la si può nascondere.
- Non apprezzi la diversità? -
- Non se abbinata all'antipatia. -
- Quindi io ti sono simpatico? -
- Vorresti dire che anche tu sei … -
- Mah, io sono ancora indeciso. -
- O Gesù, perdonami. Indeciso? Eh eh. -

- Hai notato che tu e io abbiamo cominciato a darci del tu? -
- Secondo me ti sbagli. -
- Chi era quello sulle scale, il gigante con la maglia a righe? -
- È Evangelo, il figlio dei vicini; un ragazzo ritardato, semicieco e pure muto. -

- Allegria. -
- Ogni tanto sfugge al controllo e va recuperato in giro. -
- Miss Simpatia ce ne ha messo per riportarlo a casa: il gigante è un osso duro? -
- No, per fortuna è arrendevole. Germana avrà perso tempo con la madre di Evangelo. Hanno in piedi una tresca che loro credono segreta, e invece la sanno tutti. E tu? Tu come ti chiami? -
- Guglielmo detto Willy. E tu? -
- Pandora. -
- Pandora di che marca? -
- Noci. -
- Pandora Noci. Ipercalorico, ma bello. -
- Com'è possibile che il pollaiolo Willy accusi di falso storico un maestro del settecento? -
- Innanzi tutto non chiamarmi pollaiolo, che ci patisco; diciamo che il qui presente Willy, laureando che lavora a una tesi sui traffici marittimi ai tempi della Repubblica, detiene vaghe nozioni non d'arte bensì di economia e commercio. -
- Quindi, in virtù di tanto scibile, mi comunichi che ho scucito settantacinquemila euro per accaparrarmi l'opera di un pasticcione? -
- Non esplicitamente, anche se dal punto di vista storico è così. Una domanda non priva di logica, se posso permettermi, sarebbe: perché dilapidare una fortuna per appendere in ingresso un quadro del menga? -
- Perché mio marito fa l'impossibile pur di tapparmi il becco; e poi, sperando che la cosa non ti urti, perché i quadri rappresentano un investimento sicuro. -
- Sempre se nel frattempo qualcuno non scopra che l'autore era un avvinazzato. -
Pandora non si curò dell'interruzione - E inoltre perché pare, e sottolineo pare, che un antenato della famiglia Noci fosse imbarcato proprio sul Barnaba. -

- Colpo di scena. -
- Per cui, saputo che l'opera era battuta all'asta, una famiglia dove i soldi non mancano decide di acquistare il quadro in questione. -
- Fino alla sera in cui non ti piomba in casa uno con la moto a forma di pollo a dirti che hai fatto una puttanata. -
- In fondo, il pollaiolo esperto in economia e commercio è l'incubo di ogni famiglia borghese. -

A volte, voci ovattate di uomini riempiono il corridoio diretto al cuore dell'appartamento - Avete ospiti? -
- Succede spesso. -
- Non ti dispiace perdere tempo con me? -
- No. -
- Serata noiosa? -
- Trastulli, giochi cretini, discorsi nati vecchi. -
Il cellulare di Willy ruppe la magia che aveva portato due sconosciuti a discutere davanti a un quadro come se fossero amici da sempre - Mi spieghi dove uccello sei? -
- Oh, Gas, rientro adesso. -
- La moto è a posto? -
- A postissimo. -
- Allora, se non ti schifa, ti spiacerebbe tornare al pollaio? -

- Il principale reclama la mia presenza. -
- È solo il principale o c'è qualcosa di più? - lei, furbastra.
- Mah: è il mio principale, è chi mi mantiene agli studi e poi, sì, poi c'è anche qualcosa di più. -
- Siete amanti? - Pandora riempì di ridicolo il termine.
- Più o meno. -
- Ah, già, dimenticavo l'indecisione. -
- Si direbbe quasi che la cosa ti riguardi. -
- Riguardi me? - si difese.

Willy si avvicinò alla porta. - Devo interrompere la conversazione; ma se in futuro la famiglia Torricelli-Noci ordinasse dei polli, non sarà questa consegna a infastidirmi. -
- Bella frase. Chissà come ti riescono bene le dichiarazioni d'amore. -
Sembrava dovesse finire così, ma l'intreccio degli sguardi non ne voleva sapere - Beh, allora ... -
- Allora, beh ... -
- Non mi negherai la possibilità di scagionare il Coronata, vero? -
- Hai in mente un piano? -
- Certamente. -
- Ricerca su Internet? -
- Di più; ho un esperto da citare tra i testimoni a difesa. -
- Segue scambio di numeri? -
- Inevitabilmente. -
Dopo lo scambio dei numeri, venne il momento del congedo
- Spero solo di non imbattermi in Evangelo. -
- Questo palazzo non è il massimo per chi è facile a impressionarsi. -
- Mi hai appena dato del finocchietto pauroso? -
Nello sguardo di lei splendeva una luce che, se commetti l'errore di lasciarla entrare, può essere che non esca più - No, dell'emotivo, dell'uomo sensibile. -
- Ciao. - le porte dell'ascensore si aprirono con un soffio.
- Ciao. - lei sull'uscio.
- Farò anch'io una piccola ricerca, Pandora. -
- Sono curiosa di sapere quale. - e chiuse.
-

La pollo-moto c'era ancora e, per fortuna, non echeggiavano sonagli né si vedevano mendicanti direttamente dall'epoca buia. Un ultimo sguardo al palazzo dalle terrazze illuminate, un sospiro, una serie di pedate alla leva del catorcio pennuto finché un rumore di agonia meccanica non oltraggiò secoli di storia.

-

- Gabriele dorme? -
- No, lui e Germana leggono un libro. -
- Con chi eri nell'ingresso? -
- Con quello dei polli. -
- Ti vuole scopare? -
- È omosessuale. -
- Ah. - parve deluso - Faccio un salto in bagno. Tu accendi il computer e indossa la robina che mi piace. -
Pandora si tolse la vestaglia; nel suo sguardo riflesso allo specchio, la luce speciale non c'era più.

2

- E qui finisce il quotidiano, vicendevole supplizio. - l'aula si animò del fermento di sedie spostate e di voci liberate.
Willy avvicinò Campari - Prof: permette una domanda, anche se potrebbe trattarsi di una fesseria? -
- Mi stupirei del contrario. -
- Secondo lei è possibile risalire alla composizione di un equipaggio salpato quattrocento anni fa? -
- Eh? -
- Intendo dire: è possibile sapere se a bordo di una tale imbarcazione c'era o non c'era un certo individuo? -
- Sii più chiaro. -
- Se lo ricorda il San Barnaba dei Monti? -
- Me lo ricordo sì. -
- Vorrei sapere se a bordo c'era uno che di nome fa Noci. -
Il prof si appoggiò alla cattedra; completato il deflusso, in aula tornava il silenzio - Strana domanda, la tua. -
- Si tratta pur sempre di Economia, prof; pare che il Barnaba sia costato parecchio anche ai nostri giorni e non solo agli Squarciafico del tempo che fu. -
- Non c'ho capito granché ma, a naso, penso sia impossibile saperlo. Più che per demerito degli scrivani di allora, alquanto meticolosi, il problema sta nei successivi quattro secoli di guerre e incendi, razzie di collezionisti e di antiquari, incidenti vari e vandalismi assortiti. Per non dire degli anni della Peste. -
- Uhm; qualche consiglio? -
- Se il soggetto fosse di casta nobile, o un ammiraglio, potresti trovarne traccia negli elenchi araldici, altrimenti credo sia nebbia assoluta. La Conservatoria di Mare ha delle

carte dell'epoca ma, a giudicare da come le custodiscono sotto vetro, mi sa che sono pochine. -
- Tutto qui l'aiuto che mi dà? -
- Sì. Forse un giorno troverai conforto nello studio di ciò che io vado insegnando; probabilmente non basterà a renderti felice, ma conto che laurearti saprà darti un briciolo di consolazione. - lo prese per il deretano.
- Ok, prof, la ringrazio. -
- Era importante? -
- No, prof; nulla d'importante. A domani. -
Willy s'incamminò verso l'uscita e Campari raccolse i fogli posati sulla scrivania.
- *Si potrebbe chiedere a Serafini.* -
- Come? - Willy si volse.
Stupito di sé, il docente lo guardava stranito.
- Come dice, prof? -
- Io? Beh, si potrebbe chiedere a Serafini. -
- E chi sarebbe? -
I fogli tornarono sul banco - Serafini è chi reggeva questa cattedra fino a quando, per sopravvenuti limiti d'età, non la cedette al mio predecessore, il professor Viragno. -
- A giudicare dal tempo sottinteso potrebbe essere tra i testimoni al varo del Barnaba. -
- È vecchio come Matusalemme, ma credo sia ancora in pista. Un cervello sorprendente, fra l'altro. Chiedi in segreteria dove puoi recuperarlo; e se non ti aiuta lui, beh, puoi metterci una pietra sopra. -

- Pandora? Pronto? -
- Willy? -
- Tu vanti origini nobili? -
- No, non mi risulta. -
Lui sbuffò deluso - Hai contattato il tuo esperto? -
- Stamattina, come prima cosa. -

- E dunque? -
- Rientra da Londra mercoledì prossimo. -
- A Londra lo stanno a sentire? -
- La stanno a sentire, si tratta di una signora. -
- Ahia: prevedo squallidi episodi di solidarietà di genere. -
- E tu? Tu hai prodotto qualcosa? -
- Poco, ahimè. -
- Che cosa avevi in mente? -
- Sapere se un Noci avesse mai calcato la tuga del Barnaba. -
- Un pensiero gentile, non fosse che lo fai solo sperando di procurarti nuove occasioni per prendermi in giro. -
- Io? -
- Nooo ... -
- Il mio prof ha escluso l'esistenza di documenti che possano chiarire il mistero di tuo nonno in pedalò. In seguito è spuntato il nome di un luminare, l'unico che può accendere una candela nella grotta dei secoli. -
- Bravo Willy! -
- Riesco addirittura a procurarmi il numero di telefono, ma là mi risponde una suora. -
- Lasciami indovinare: era appena spirato? -
- Ha cent'anni, ma gode di buona salute. -
- Gli hai parlato sì o no? -
- No. Il professore vive in un paese dell'entroterra e le suore non sono autorizzate a dare l'indirizzo. Però tutti i lunedì il vegliardo si fa accompagnare al convento di Nostra Signora del Molo per sgranchire le gambe e farsi una mangiata secondo un'abitudine vecchia di decenni. Sta a noi capitare lì il lunedì mattina e far suonare il vecchio campanaccio. -
- Hai fatto un buon lavoro, Willy. -
- Modestamente ... -
- Io, invece, ho chiamato Vanessa Bauer! - con l'enfasi di chi dice Ho appena telefonato al papa.
All'altro capo del filo trovò solo scetticismo - Che sarebbe? -

- Sarebbe un'antiquaria che lavora a Londra, Parigi, San Pietroburgo, Barcellona, credo Praga ... -
- Una così, beccarla a settimane ha già del miracoloso. -
- Mercoledì sarà in città e mi dedicherà qualche minuto. -
- Rimane solo un piccolissimo contrattempo. -
- Sarebbe? -
- Che fino alla prossima settimana tu e io non avremo l'occasione d'incontrarci. -
- Per me è ... - s'interruppe - aspetta un secondo, Willy. -
Lui restò in attesa, seduto al bancone di un bar a guardare i ragazzi in diaspora verso le copisterie e le fermate dei bus.
Pandora: un pensiero nuovo, uno splendido mistero.
Lei riavvicinò la cornetta - Non fare il furbo, lascialo lì! -
Un tipo vestito fuori moda, con l'ombrello al braccio nonostante il bel tempo, uscì dal negozio di modellismo; il commesso lo accompagnò fuori di modo che costui potesse valutare meglio il grosso giocattolo che era con loro. Il buffo individuo alzò più volte l'elicottero al cielo, quasi a fargli prendere confidenza con il volo, percorse due passi e poi si fermò a contemplarlo al centro di Via Balbi.
- Uffa: ci sono giorni in cui mio figlio le studia tutte per farmi perdere la pazienza. Dicevamo? -
Willy tornò presente alla telefonata - Qualcosa a proposito di quando potremo incontrarci. -
- A mal parata posso sempre ordinare un paio di polli. -
Il tipo ombrello al braccio, il commesso e l'elicottero tornarono dentro la bottega; nello spazio di muro lasciato in libera vista, Willy si accorse del manifesto.
- Sei ammutolito? Che ti prende? - lei.
Per leggere anche le parti scritte in piccolo Willy uscì dal bar e, cellulare sempre all'orecchio, s'immerse nel trambusto nella via.
- Ehi, Willy, ci sei ancora? -
- Hai da fare domattina? -

- Beh, se mi organizzo posso ritagliarmi un paio d'ore. -
- Forse abbiamo appena avuto una botta di culo. -
Col titolo La pittura nei secoli dei Dogi il manifesto rimandava all'Aula Magna, l'indomani alle ore nove e trenta, per un incontro col docente Prof. Agostino Ratti.
-
- Gas: sono rientrato. - la cucina era pulita e la segreteria telefonica era in modalità messaggio pomeridiano; sul taccuino otto consegne per l'ora di pranzo appena passata, ormai vistate, e già un paio per la sera - Ga-as, ci sei? -
Niente in negozio, né in cortile, e le finestre al primo piano sembravano chiuse su ambienti disabitati.
A sorpresa, in quella che sembrava una serena giornata di primavera, grosse gocce di pioggia cominciarono a risuonare sulla tettoia e sul disordine nel cavedio.
- Piove, ma pensa te. - poi venne la tetra intuizione.

- Ciao, Willy. -
Gas era in officina, il luogo dove elaborava le sue porcherie. A centro stanza, una vecchia Ape rugginosa regnava illuminata a giorno. Sul tavolo da lavoro, incubo fatto realtà, un rotolo di moquette color crema e una serie di aggeggi ora rossi ora gialli ne rivelavano le intenzioni.
- Che cosa prepari, Gas? - gli chiese Willy.
- Speravo che tu ti liberassi prima, c'erano otto bestiole da dare in pasto al mondo. Ma tu studi, eroicamente studi! - esercizio d'ironia - Neppure a Economia e Commercio sanno spiegarti che il pollo è alla base della tua economia, e che il commercio del medesimo ti pone nella condizione di frequentare Economia e Commercio. -
- Gas, cos'è questa robaccia? - domandò piano.
- Fortunatamente il vecchio Gas ha messo a segno un colpo da maestro: il catering di Canasini vuole trenta bestie per stasera! E per conto mio non saranno le uniche, cocorito! -

- Gas: cosa fai con questo sgorbio? -
- Trenta bestie più gli ordini di giro. Si prospetta una serata redditizia. -
- Non divagare: tu stai preparando l'Apollo tredici. -
- Se entriamo nelle grazie di Canasini ci ritroviamo in orbit … ehm, facciamo il salto di qualità! E per quanto Canasini sia uno stronzo, è un buon pagatore. Mi frego le mani. -
- Ape, cresta, zampe, pelle a rotoli. Tu stai preparando l'Apollo trediciiiiii!!! - urlò.
- Sì! Sto preparando l'Apollo tredici! Sto preparando l'Apollo tredici! Io sto preparando l'Apollo tredici! - sbraitò come se morso da un alligatore.
- Tutto, ma non questo! Non ti basta farmi ridere dietro con la vespa e il furgoncino? A che cazzo ci serve l'Ape? -
- A portare i polli! I polli, lo capisci o no? - imitò le movenze del piumato, il collo a becchettio e i gomiti a svolazzo - Ci serve a portare i polli! -
- Dove hai trovato queste zampe? - Willy brandì un peluche a zampa di gallina grande come un portaombrelli - Chi vende queste coglionate? Come fai a recuperare certi orrori? -
- Ehi, tira giù la zampa. -
- E la cresta? - la prese in mano - Perché hanno fabbricato una cresta di pollo grossa come un parabrezza? Chi vive in questo modo infame? -
- Giù le zampe dalla cresta, checca isterica! Guarda che io ti ammazzo! Ora cosa cerchi? -
Willy si rovistava le tasche.- Cerco l'accendino! Voglio dare fuoco a te, al rotolo di pelle - con un calcio colpì la moquette, che tutto travolse nel suo rotolar gioioso - e a 'sta robaccia! -
- Molla l'accendino! - seguì una colluttazione.

-

- Mi hai fatto male. -
- Dai, non è niente. - Gas si tirò su dal letto.
- Sei un bruto. -

- Io? E tu che volevi bruciare tutto? -
- Sei un orsone bruto e cativo. -
- Coraggio, Willy: ci aspetta una serata old pollo-style. -
- A proposito: domattina mi serve la moto. -
- Ecco: prima osteggi le novità e poi ne fai uso. -
- La cresta si stacca? -
- No. -
- Sicuro? -
- Tu prova a staccarla e io ti stacco la testa. -
- Sei un bruto. -
- Ora guadagniamoci la pagnotta, dai, che ha smesso di piovere. -

-

Alle nove del mattino seguente, la pollo-moto fece sgangherato ingresso nella piazzetta rinascimentale; Pandora c'era già, splendida - Devo salire su questo pollo metallico? -
- Ti ho recuperato un casco tradizionale, dovresti ringraziarmi. - il casco di Willy aveva la cresta.
- Cosa c'è scritto qui? Da Gas: el pollo che te piaas. Bello, profondo, poetico. -
- Non me ne parlare. -
Lei salì - Gas è il tuo lui? - sembrò sul punto di ridere.
- La smetti? -
- Sarà la luce del giorno, o che sei rasato di fresco, ma non ti ricordavo così bello. -

-

- Verde! Vai! -
- Bruummm! Pista! -
- Signora, perché ci guarda stupita? Non ha mai visto un pollo con due tizi seduti sopra? -

-

Pandora si tolse il casco - Mamma mia: mi sembra di tornare indietro di vent'anni, a quando frequentavo. -
- Ti sei laureata qui? -

- La prima volta, sì; la seconda più su, quasi dalla stazione. -
- Mi scappello. -
- Mi sa che tu ce l'hai di vizio. -
-
- Come si evince dalla luce, drammatica e rotta da squarci malvagi, l'autore ha trovato il modo per rappresentare il volto crudele della peste. La sagoma scura sullo sfondo è l'Albergo dei Poveri; la cupola al centro sembra di una chiesa che in realtà non c'è mai stata, ma forse l'artista ha barato con la prospettiva avvicinando di cento metri la cattedrale dell'Annunziata. -
- Ti piace o no? T'interessa? - gli chiese bisbigliando.
- Aspetto che arrivi il momento delle domande. Sei pronta? -
- Certo. -
- Non barare, però, non cercare di influenzarlo. -
- Non ci penso nemmeno. -
- Però hai detto di conoscerlo. -
- Era assistente quando al posto di questi ragazzi c'ero io. -
- Schhhh! - provò a zittirli l'immancabile secchione.
- Tra parentesi, l'epidemia falcidiò molti autori del periodo. Osservate la prossima illustrazione. -
- Psss. - stavolta fu Willy a bisbigliare - Ti corteggiava? -
- Chi? -
- Lui, il ratto. -
- Il professor Ratti? Non mi ricordo, non mi pare. -
- Confessa. -
- Schhhh! - il secchione tornò a disapprovare. Willy ricambiò l'occhiataccia.
- Il gioco cromatico riprende la lezione dei manieristi, ma la supera con suggestioni e fremiti più moderni. -
- Psssss. - Willy riprese - Si può sapere quanti anni hai? -
- Fatti gli affari tuoi. -
- Già passato i quaranta? -
- Fatti i cazzi tuoi. -

- Strega! -
- Impiccione! -
- Schhhhh! -
- Curioso particolare: il palazzo sullo sfondo è identico a uno costruito cento anni dopo. All'epoca del dipinto là non c'era nulla di simile. In un certo qual senso l'autore produce un documento fantascientifico, veggente il futuro. -
- Psssss. -
- Che cosa vuoi ancora? -
- Volevo dirti che prima, quando hai levato il casco ... scusa un secondo. - Willy avvicinò la bocca all'orecchio del secchione intento a scrutarli severo; gli sussurrò qualcosa e tornò rivolto a Pandora - Volevo dirti che eri ... -
- Che cosa hai detto al secchione? - lo interruppe.
- L'ho mandato a fare in culo. -
- Tu sei il mio eroe. -
- Fammi finire: quando togliendo il casco hai liberato i capelli, tu eri semplicemente ... -
- Semplicemente cosa? -
- Bene: se avete delle domande, sono a vostra disposizione. - l'ambiente si rilassò in un chiacchiericcio liberatorio.
I due si guardarono negli occhi e lui, mentre il rumore montava, sillabò senza voce - ... incantevole. -

Prima si sfogarono gli sgobboni ansiosi di mostrarsi intelligenti dopodiché, ad acque più calme, Pandora si alzò in piedi - Ciao, Agostino: permetti una domanda da una vecchia alunna? -
- Una domanda da Pandora Noci è sempre gradita. - Ratti dimenò la coda, abietto.
Willy bofonchiò di riprovazione - Agostino, Pandora ... -
- Sei sempre gentile. La domanda è: cosa ne pensi del ... -
- Ti trovo in gran forma. - Ratti pensava ad altro.
Willy - Non ti corteggiava, eh? -

Pandora lo colpì con un calcio - Grazie, Agostino: volevo chiederti ... -
- Tanto bella da ragazza quanto da donna. -
- ... ecco. - Willy furente represso.
Altro calcio laterale, mentre in sala non c'era occhio che non la ammirasse. Si fece coraggio - Grazie. Vorrei sapere se ... -
- Sei ancora come allora, Pandora, forse ancor più bella; ricordo il vestitino arancione che indossavi il giorno che ... -
Willy perse le staffe - Sì, prof, il vestitino: ma 'sta cazzo di domanda la vuoi sentire sì o no? -
L'aula proruppe in una risata, al che Ratti si fece serio - Ehm, com'è la domanda? -
Pandora guardò severa Willy, ma la sua bocca non riusciva a non ridere. In qualche modo riprese - Cosa ne pensi di Simone Marchesi da Coronata? -
- Simone da Coronata rappresenta il grande punto interrogativo della nostra pittura. Ricordo che crebbe a bottega da Domenico Piola, dove mise in mostra doti pittoriche fuori dal comune: lo sguardo disincantato, la tecnica fenomenale e la cura del dettaglio lo resero unico tra i pittori locali. -
- Perché non raggiunse il successo cui sembrava destinato? -
- Dal punto di vista stilistico, penso che la sua dedizione al particolare abbia finito col renderlo inviso all'autorità religiosa, da sempre incline a una visione estatica dove il bello, immanente, corrisponde al buono, trascendente. Anche il potere politico, comunque in mano a famiglie contigue alla Chiesa, finì con l'emarginarlo. Così Simone da Coronata firmò pochi dipinti: nelle chiese cittadine ci sono quadri che potrebbero essere farina del suo sacco ma si tratta di tele anonime perché, per evitare rogne con i superiori, i parroci gli vietavano di siglare le opere. -
- E dal punto di vista personale? -

- Idealista, scontroso, incapace di seguire la corrente; ma queste, più che informazioni, sono supposizioni. -
- Sempre per supposizioni, ritieni possibile che il Coronata abbia dipinto qualcosa di irreale o di inattendibile? -
Le arrivò una ditata nel fianco - Non barare! -
Ratti non se ne accorse - Difficile a dirsi. Avendo anche raffigurato santi e beati, beh, non sempre ebbe l'originale a disposizione, eh eh ... -
- Ha fatto la battuta. - brontolò Willy.
- Magari non all'originale, ma al modello sì. - lei.
Willy, sottovoce ma non troppo - Fai prima a dirgli cosa vuoi che ti dica e lui te lo dice! -
- Non si discute: tecnicamente è stato un pittore eccelso. -
- Cos'altro si sa di lui? -
- Escluso dal gruppo di artisti intento ad abbellire la parte rinascimentale della città, Simone rimane relegato ai luoghi popolari: quartieri bassi, chiesette defilate, periferie in espansione fin quando, amareggiato, cambia aria dedicandosi a lavori nell'entroterra.
Suppergiù nel millesettecentodiciassette, sotto la reggenza del doge Giustiniani, Simone torna per dipingere lo stemma sulla Lanterna restaurata dopo il bombardamento francese, episodio datato alla fine del secolo precedente. Un ultimo incarico, più da imbianchino che da artista, dopodiché scompare inghiottito dal tempo. -
- Nessun cenno su luogo e data di morte? -
- Solo ipotesi. -
- Realista e scontroso fino all'emarginazione: possiamo vederla così? -
- Direi di sì; ma come mai tanto interesse per il Coronata? -
- Tempo fa ne ho acquistato un quadro. -
- Tu? Ho seguito la cosa ed è strano che non abbia letto ... -
- Niente di strano, il mio nome non è mai comparso. -

- Hai fatto un fior d'investimento; oggi che l'autore può essere pienamente apprezzato, hai portato a casa l'opera di un grande artista. Il tuo denaro sarà rivalutato come solo l'arte può fare: complimenti. -
- Grazie, Agostino, non ho altro da chiederti. -
- Spero tu voglia invitarmi a vedere il dipinto, non appena ne avrai il piacere e il tempo. -
- E vai. - fece a mezza voce lo scettico seduto accanto a lei e puntuale risuonò qualche risata.
- Non mancherò. Molto gentile. Grazie ancora. - Pandora tornò seduta e un ciccione barbuto a chiazze prese la parola.

- Perché mi hai trascinato via? -
- Ero stufo di sentire la nenia del quadro da vedere: passare alla cattedra è stata una pessima idea. -
- Si chiamano buone maniere, brontolone! Mica gli ho dato il numero di cellulare, no? Però devo confessarti che non mi dispiacerebbe fargli esaminare il Coronata, giusto per rispolverare le tecniche di valutazione. -
- Bah. - rispose immusonito.
- Facciamo così: - scostando i due bicchieri da aperitivo, Pandora chiuse tra le sue la mano di lui posata sul tavolo - lo invitiamo la settimana prossima e tu sarai con me. Va bene? -
- Uffa. - la mano di Willy non poteva non accarezzare le mani di Pandora.
- Piuttosto: ti sei convinto che il Coronata dipingesse la realtà, la realtà e solo quella? -
- Assolutamente no! Per quanto tu abbia fatto l'impossibile perché quel mentecatto dicesse ciò che volevi sentire, e partivi con un vantaggio che con l'arte c'entra poco, il ratto ha sostanzialmente lasciato invariate le cose. Le bocce sono ferme dov'erano. -

32

- Maniacale cura del dettaglio, pittura immanente, incapacità a cedere a distorte rappresentazioni sono parole che non ti convincono? -
- Le parole emarginato, punto interrogativo e ubriacone non convincono te? -
- Ubriacone ce lo hai aggiunto tu! Vergogna! E poi non hai sentito la scheda? Realista, scontroso, eccetera eccetera? -
- L'ho sentita, la scheda: l'hai detta tu! -
- Ratti ha approvato! -
- Bello sforzo. Se tu avessi aggiunto Meglio di Caravaggio e di Leonardo messi insieme, lui avrebbe confermato. -
- Non capisci niente! Il commento di Ratti mi è sembrato chiaro e alla portata di chiunque. -
- Dove ti avrebbe portata, quello sì che era chiarissimo! -
- Uffa. -
- Pan, - l'insieme delle mani rimase attivo e confidente - su come interpretare l'arte si può discutere per una vita intera; ma la Storia, dico la Storia, parla di un brigantino uscito dal porto per andare a schiantarsi in una secca prima di Gibilterra. Il Coronata, pace all'anima sua, cosa può aggiungere? -
- Non è che il Barnaba stesse uscendo dall'imboccatura, invece che entrarvi? -
- In retromarcia e con le vele gonfie al contrario? -
Lei ci rimuginò - Ok, ok: cosa possono il povero Coronata e la piccola Pandora quando Willy e la Storia ti sono contro? Almeno ho la conferma di aver fatto un buon investimento, sempre ammesso che tu e la Storia non abbiate qualcosa da ridire. -
- Tranquilla, Pandora, ciò è assodato. - si alzarono; le mani riluttanti tornarono a funzioni d'abitudine - S'è fatto tardi: meglio rimettersi in groppa al pollo. -

-

- Ci sentiamo per lunedì? -

- Sì. Tieni il casco. -
- Mangiate polli nel week-end? -
- Nel caso chiamo Gas, così mi arriva il pollo che me piaas. -
- Perché io, vedi, in un certo senso … -
- Fammi andare, dai, è tardissimo. -
- Sì. Vai, vai. Ciao. -
Pandora corse su per la mattonaia; poi, già a portone aperto, si voltò - Willy? -
Lui, che tentoni calciava la leva dell'accensione guardandola andare via, rispose - Dimmi. -
- Lo eri anche tu. -

- Ciao, Gas. -
- Pensavo che tu fossi morto. Ancora cinque minuti e chiamavo il sacerdote. -
- Godo di buona salute. -
- Talmente buona che sembrava un peccato sciuparla per venire a lavorare un'oretta, eh? -
- Eri inguaiato? -
- Nooo. Cinque consegne sull'auto-pollo, in centro nell'ora di punta e con le bestie qui da sole a rosolare: una pacchia. -
- Ero in università, Gas. -
- Il venerdì non esci a mezzogiorno? -
L'orologio a muro aveva le cosce puntate sulle due - Mi sono attardato con il prof, mi sembrava brutto piantarlo in asso. -
- Piantarci me, invece, ti è sembrato bello. -
- Quasi quasi mi sgnacco questa aletta. -
- Bravo: mangia, mangia … -

- Sono pronte le dieci bestie del catering? - Gas.
- Dov'è la via dei due polli delle otto e mezzo? -
- Centro storico. -
- Considerandone le dimensioni parrebbe un po' vago: che ne dici? -

- Considerandone l'esistenza, tu guarda nello stradario: che ne dici? -

-

Voci di uomini di buon umore, luci di candela, il ragazzino che guarda nel vuoto e la governante seduta accanto a lui, vestita di nero.
Pandora ha cenato già da due ore, sorride agli ospiti e annuisce; ma come il quadro in ingresso, scuro nello scuro posato sugli oggetti, anche lei centellina il suo tormentato fuoco.

-

- Scusi, lei dove sta andando? -
Willy riabbassò lo sguardo - Buonasera, agenti. Devo consegnare dei polli in Vico della neve. Sapete dov'è? -
- Destra, sinistra, venti metri e poi a destra. - rispose il poliziotto maggiore in grado.
- Grazie mille; perché me lo chiedete? -
- Perché da queste parti tira una brutta aria, amico; fosse più in su le avrei sconsigliato di proseguire, ma essendo qui vicino se la può rischiare. -
- Già non ero contento prima, adesso lo sono ancora meno. -
L'agente più giovane aggiunse - Corri all'indirizzo, molla i polli e alza i tacchi. Sono solo le otto e mezzo, tutto sommato è un rischio contenuto. L'importante è che non ti addentri e che ti sbrighi. -
I polli lo guardavano dal cellophane - Ma perché non vi butto nella rumenta e non me ne vado a casa? Cosa me lo impedisce? - Willy salutò frettoloso - Grazie, agenti. - e prese il vicolo a destra.

Voltato lo spigolo, lo sguardo poté fare meglio ciò che correndo ti riesce male: la targa recitava Vico dell'Errante.
Nessuno in vista, tra le vie e le piazzette di quella porzione di città silenziosa ed elegante.

Dietro l'angolo successivo lesse le targhe all'incrocio: Vicolo del Cristo dipinto e Piazzetta dell'Amor maledetto.
- Conviene chiamare Gas e consultare il suo stradario bisunto. - ma il cellulare raccoglieva, e solo a tratti, la miseria di una tacca ballerina - Ce l'ho in saccoccia. -
Piazza dell'Amor maledetto è ipnotica come una spirale in moto perpetuo e l'unico lampione stira fin sui muri le ombre dei paracarri - Non è qui. - rapido dietrofront per léggere Vico del Muto e Vicolo dei fratelli traditi - Merda! -
Un voltino a venti passi, grigio in basso e rosso sopra, aveva la targa scolorita - Andiamo a leggerla. - Willy si mosse rasentando la macchia di buio.
Il sangue gli si gelò nelle vene: tutt'una con l'ombra e terribilmente vicina, c'era una sagoma alta due metri e coperta di velo nero. Rivolti a lui, Willy indovinò nel tulle due occhi spaventosi e truccati teatralmente.
- Ciao. -
La gola lottò per emettere un - Ciao. - dignitoso.
- Cercavi me? -
- Cerco Vico della neve, devo consegnare due polli. -
- Sul serio? -
- Non vedi la borsa con i pulcini? Però non si tratta di una mia libera scelta, quanto piuttosto ... -
- Non ti piacciono i polli? -
- Li odio. -
- Mi rincresce, ma se i polli li porta un ragazzo così carino credo che ne mangerò più spesso. -
- Anche tu contro di me? -
D'un tratto, il gigantesco travestito gli fece segno di tacere: trasportato da un refolo, un suono di sonagli attraversò la piazzetta - Lo senti anche tu? -
- Sì, lo sento. -
- È lui, ed è qui vicino. -
- Lui chi? -

- Lafayette, piccolo mio, questo è Lafayette. - a metà tra un faraone e un'odalisca, il trans alzò il profilo per seguire il suono spostarsi invisibile dietro gli spigoli delle vie - Quel bastardo sta salendo alla fontana. Ascoltami bene: Vico della neve è il primo a destra, fai la tua consegna e poi sparisci veloce, dammi retta. Buonanotte. -
Con un passo indietro il trans scomparve nel vano alle sue spalle e, come se chiamato a sostituirlo, un portoncino sorse dal buio.
- Buonanotte, caro Belfagor. - svelto come un gatto ossuto, Willy prese a destra.
-
- Stavo per telefonare al negozio. - brontolò l'omone.
- Chiedo scusa, mi sono perso qua sotto. -
- Mai stato da queste parti? -
- Non con due polli caldi e una via da cercare. Ho provato a chiamare in sede per avvertire, ma non trovavo campo. -
- Sì, da basso non si riesce a telefonare. -
L'orologio nell'appartamento segnava le nove meno dieci. Una voce di donna si lamentò dalla cucina - I polli sembrano impagliati. -
- Il ragazzo s'è perso nel cercare l'indirizzo. Mi porti dodici euro? -
Dalla finestra verso mare si vedeva uno scorcio di comignoli e terrazzi appesi nella notte; in una di quelle mille cornici di luce c'era Pandora. Una sconosciuta, fino a due giorni fa; poi la governante recupera un matto, spunta un avo marinaio nello sbaglio del quadro e il casco le lascia liberi i capelli.
Attimi, fotogrammi, e più nulla è uguale a prima.
- Ecco i dodici euro, giovanotto. -
- Scusate ancora, mi spiace che i polli siano freddi. -
- Papà, vieni a vedere: bruciano qualcosa dalle parti della fontana. - il ragazzino indicava un punto del panorama fitto di tetti scuri. Padre, madre e Willy lo raggiunsero; pur se

nascosto dai cornicioni, il bagliore segnalava un incendio. I colpi ritmati di un tamburo da esecuzione saliva al cielo insieme al fumo e alle scintille.
- Sì, è dalla fontana. -
- La solita banda di fenomeni. -
- Che peccato. - commentò l'omone - Col restauro degli anni novanta il quartiere è diventato un gioiello, ma non c'è più legge e la sera non si può mettere fuori il becco. Io sono nato qui e nel tempo ne ho viste di cotte e di crude; ma proprio adesso che tutto è pulito e risanato sto pensando di andar via, ché i ragazzi non crescano in un posto così insicuro. -
- Sudamericani? Africani? - chiese Willy.
Intervenne la moglie - Macché, è roba nostrana. Hai altre consegne nei paraggi? -
- No, però la moto ce l'ho in piazza. -
- Fuori dal portone, vai giù a destra; la moto puoi recuperarla risalendo per la via grande non appena la incroci. -

-

Dopo aver a lungo scrutato che non ci fosse nessuno, Willy uscì dal portone e corse seguendo il pendio; le terrazze verso mare, mentre lui armeggiava con l'accensione, mostravano le soffuse luci del dopocena.

-

Lui le passò accanto - Guardo se Gabriele s'è messo a letto. -
Pandora si fermò davanti al quadro; dalla tela affiorano nuovi dettagli, dipinti da secoli ma intenzionati a farsi scoprire un poco per volta. Il brigantino sbanda, le vele si gonfiano e si ritirano; un colpo di vento, immortalato con tale maestria da alludere al momento precedente e al successivo, s'è appena abbattuto sullo scafo. L'incendio che consuma la tuga spedisce alla randa le vampe più alte, mentre le fiamme basse rimangono composte a carbonizzare il legno.
Un tremolio del pennello e, sulla terraferma, le lampade a olio oscillano insieme alle proprie luci piccolissime.

3

- Fatevi onore, bestiole del Gas. Il catering ha voluto il vostro sacrificio e nulla poté salvarvi. Il pennello che reco serve per l'estrema unzione: belle bestiole, bevetevi 'sto olio del cazzo. Morbide ma croccanti voi scivolerete negli esofagi, abiterete le viscere e parte di voi sarà utile a organismi a me ignoti; altri frammenti, ahimè, conosceranno l'oltraggio di un tribolato percorso negli intestini e infine si troveranno a ruzzolare dentro i cessi. Per quanto amaro possa sembrare, fatevi coraggio: così è la vita. -
Gas si voltò per testare l'effetto dell'omelia: Willy neppure lo aveva sentito, impegnato com'era a mandare e a ricevere messaggini.
L'occhiata si fece sospettosa e proseguì più mogio - Non temete, però, o frammenti svantaggiati: per voi arriverà la gloria di una doccia purificatrice, e i turbini d'acqua vi guideranno fino al mare. E là potrete affittare un lettino per abbronzarvi al sole come fa ogni stronzo che si rispetti. -
Willy riemerse dal suo mondo - Gas: oggi pomeriggio vado a studiare in spiaggia. -
- Ecco, appunto. -
Qualche minuto e riaffiorò fra i senzienti - Ah, Gas: lunedì mattina prendo la pollo-moto. -

-

- Pista! -
- Wowow! -
Splendida giornata di sole, per le mattonaie che s'inerpicano a Nostra Signora del Molo; lassù, quando i muri si abbassano in una porzione diroccata o s'interrompono al traverso di un cancello, il riverbero del mare ti colma lo sguardo.

- Occhio: buca a dritta! -
Bobong!
- Te l'ho detto perché tu la scansassi. -
- Ho frainteso il messaggio. -
Sembra impossibile trovare angoli fuori dal tempo al centro esatto di una città che si suda il lunedì eppure, da quelle parti, l'unico rumore sgradevole arrivava dal vespone sotto sforzo.
Posteggiata la carcassa davanti al monastero, Willy tirò la coda alle campane. Una suora aprì il portone - Buongiorno, fratelli: cosa posso fare per voi? -
- Buondì, sorella: è già arrivato il prof Serafini? - chiese lui con i modi sicuri di chi ha un appuntamento fissato.
- È qui dalle sette. Accomodatevi in terrazza. - si fece da parte per lasciarli entrare.
Passato un corridoio popolato da orologi a cucù e vecchie pendole, si apre un giardino di là dal quale c'è la terrazza a sbalzo sul porto, da un lato, mentre dall'altro incombe la collina tanto vicina che sembra spingerti in mare.
- Professore: ci sono visite! Professoreee! -
In favore di panorama, un anziano stava seduto metà al sole metà all'ombra della veranda.
I due si avvicinarono, ma il vecchio non si mosse - Per me è morto alle sette e cinque ma la suora non se n'è ancora accorta. - ipotizzò Pandora.
- Ma no, dorme. -
- Sarà sordo come una campana. -
- Tieni conto che ha cent'anni. -
- Lo scuoto? -
Due palle celesti restituirono vita al volto rugoso - Non sono ancora morto, o almeno non mi risulta, né sordo o addormentato, ragazzi; e, per l'esattezza, di anni ne ho novantanove compiuti da poco. -

-

- Benedetta: sono pronti i caffè? -

Pandora e Willy, comodi sulle sedie di vimini, guardavano increduli il vecchio sbraitare vigoroso.
- Eccoli, professore. - la suora si precipitò vassoio in mano. Mentre lei serviva, il vecchiaccio la rimirava - Come le dona il grigio, suor Benedetta: questa veste le cade a pennello. - Lei sorrise paziente - Grazie, professore. -
- Un sedere come il suo dovrebbe stare all'aria aperta, nudo e felice come un melone al mercato, piuttosto che là sotto! Ah: se solo io avessi ottant'anni di meno ... -
- Faccia il bravo. - la giovane suora, sempre bonaria.
Il prof saltò di palo in frasca - Ugo ha preso i moscardini? -
- Oggi seppie, prof, con branzino di secondo. A mezzogiorno in punto butto la pasta. -
- Con le seppie ci va il riso! -
- E riso sia. -
- Visto quant'è brava la pin-up di Nostro Signore? - disse rivolto agli ospiti. Poi, come se avesse visto qualcosa là in fondo - Sorella: avete preso un cane senza dirmi niente? -
- Quale cane? -
- Quello appena entrato in cucina non sarà un topo, vero? - Benedetta sbiancò - Come sarebbe a dire un topo? O Gesummio! - corse verso l'interno.
- Ah ah! - rise furbastro - Lei ha il terrore dei topi. -

- Pandora ha due lauree, prof, e giusto in questo periodo io sto preparando la tesi. - Willy, ciarliero al solito.
- Bene, bene, bravi. Ditemi: voi due siete fidanzati? -
- Beh, no, non proprio. - titubò Willy.
- No, ma ci piacerebbe. - Pandora.
Il vecchio sorrise di ammirazione - La donna: che gran bella invenzione. Hai notato, giovanotto? Perché tu perdessi la parlantina ho dovuto farti una domanda personale; per contro, la stessa domanda ha permesso alla tua ... amica di esprimere un forte punto di vista.

Stessa domanda: tu ti nascondi, lei viene fuori. Noi maschi abbiamo molto da imparare, ragazzo mio. -

- Ancora un po' di bianco? - già versandolo - Chi di voi sputa il rospo? -
Willy - Siamo qui a chiederle un parere, prof. Nulla d'importante, solo una curiosità. -
- Sono a vostra disposizione. -
- Per lei che sa di storia, di geografia, di economia ... -
- Sì, sì ... -
- ... è possibile risalire alla composizione dell'equipaggio di una nave salpata quattro secoli fa? -
- Quattro secoli? - si grattò il mento e fece due conti - Non è facile. Solo che negli incendi del millesettecentodiciassette e millesettecentosettantasette la quasi totalità dei documenti è salita al cielo sotto forma di fumo. Al poco rimasto, più ciò che si formava negli anni appresso, ci hanno pensato guerre e invasioni, mercanti d'arte e ladri di polli. -
- Polli. - sussurrò Pandora.
- Sono ovunque. - Willy.
- Sì, ladruncoli; e più di ogni sciagura, secoli di pasticcioni! -
Lo sguardo di Pandora: chiaro verso il mare, verde se passa tra le foglie.
L'astuto vegliardo ne colse l'intensità corrisposta e lo divertì l'idea di proseguire con più enfasi, così da scuotere chi mezz'ora prima minacciava di scuotere lui - Pasticcioni! - i due trasalirono - Secoli di impiegati distratti, di quello che sbaglia cassetto, di chi tocca con le mani unte di focaccia o che lascia la finestra aperta quando tira vento; secoli di quello che accende il fuocherello per divertire i colleghi, o che ci attacca la caccola, o che fa l'aeroplanino, o che prende un foglio e ci tappa gli spifferi ... così per lustri e decenni. Vado avanti? -
- Ehm, no, prof, è stato chiaro. -

- Pasticcioni svogliati: un incendio che non dà fumo, ma che distrugge tutto quanto. -
- Quindi possiamo dimenticarci la lista, professore? -
- Temo di sì. -
Pandora si appoggiò allo schienale e Willy si diede per vinto
- Non vuol dire, prof; era una curiosità, una scommessa. -
- Eppure ce n'è, eccome, di cose indispensabili che valgono suppergiù come una scommessa. -
- Anche filosofo? -
- Solo vecchio. -
Risero tutti e tre.

- Vi fermate a pranzo? -
- Oh, no, ma grazie infinite. La lasciamo alle sue seppie. -
Anche Serafini si alzò con sprone - Tornate a trovarmi, ragazzi, magari con quesiti meno strampalati. -
- Qualcosa escogiteremo. Grazie ancora. -
Seguirono le strette di mano - Non vi ho neppure chiesto il perché della vostra domanda. -
- Ci ha spinti la curiosità di sapere se un mio avo era imbarcato su un certo brigantino. -
- Quale brigantino sarebbe? - sorrise d'impotenza.
- Il San Barnaba dei Monti. -
Serafini si corrucciò, il commiato trovò un intoppo - Come si chiamava il suo antenato? -
- Noci o Valtarini. Il nome di battesimo non lo so: forse Giobatta, perché sia la famiglia di mamma che quella di papà avevano un Giobatta tra i bisavoli. -
- No, signorina; il nome del suo avo è Bartolomeo. -
- Prego? - lo guardarono sbigottiti.
Il vecchio tornò seduto - Bartolomeo Noci era davvero imbarcato sul Barnaba. Giovanotto, faccia un salto in cucina e dica a suor Benedetta di aggiungere due porzioni di riso. -
-

- Nel milleseicentoventisette il calzolaio Bacci Romeo invia agli armatori Squarciafico, suoi committenti, il conto per la fornitura di cinque paia di scarpe forgiate in occasione del varo di una nave. Sul foglio annota l'importo, diciassette scudi, più i nomi dei marinai beneficiati: il capitano Gregorio Tagliavacca, il suo secondo Erminio Siani, il nocchiero Erasmo Farina detto Cornacchia e, per ultimi, i mozzi Arnaldo Cipriani e Bartolomeo Noci. -
- Che nomi bizzarri: Erasmo Farina detto Cornacchia mi fa impazzire. - Willy meritò l'occhiataccia.
- Sul medesimo foglio, un'altra mano sigla per accettazione e indica il Barnaba a chi nella famiglia di armatori ricopriva l'incarico di amministratore. Eccoci davanti a un paradosso della Storia, ragazzi: noi sappiamo i nomi di cinque marinai imbarcati sul brigantino solo perché Romeo il calzolaio reclamava i suoi diciassette scudi. -
- Non riesco a crederci: la nonna aveva ragione. Béccati questa, sapientone dei miei stivali! - Pandora rivolse a Willy il suo Tié! entusiasta.
Willy - Calma, calma: un ciabattino intellettuale manda il conto al ricco mercante ma noi, uomini del duemila, non possiamo confondere quel foglietto con la Storia. L'acquisto del quadro trova una sua giustificazione, ma esclusivamente per un tuo tornaconto. Non cantare vittoria, per piacere. -
Chiarirono al Serafini la vicenda del quadro - Molto curioso: di che anno è il dipinto? - chiese il prof.
- Il perito lo ha collocato attorno al millesettecentoventi. -
- Cioè quasi un secolo dopo il naufragio che mise dei pesci variopinti al posto del bisnonno, di Cornacchia e di tutta l'allegra comitiva. - sghignazzò Willy.

Benedetta apparecchiò tavola e, con la scusa di un tovagliolo caduto, il prof ne sfiorò le forme; dopodiché - Attento,

giovanotto: quando la Storia non ha altro da proporre, un foglietto può rivelarsi fondamentale. -
Il bicchiere del prof fu svuotato in un baleno - Il brigantino nacque così da avere un mezzo agile per recapitare ai regnanti spagnoli le ricchezze in prestito. A quell'epoca la città conosce il massimo fulgore: resa ricca dai commerci e con una marineria tra le più potenti al mondo, si trova al centro dei traffici del globo. La costruzione delle Mura Nuove, opera architettonica tanto grande da essere seconda solo alla Muraglia Cinese, rende l'idea dell'espansione della città e di quanti beni ci siano da proteggere.
Ma proprio nel milleseicentoventisette il Regno di Spagna fallisce, perdendo l'onorabilità verso i debiti, e decine di famiglie locali rischiano la rovina perché, non so se mi spiego, la prima potenza mondiale poggiava interamente sulle loro finanze.
Tutti a bagno? Macché: nel giro di pochi anni l'incidente è alle spalle e si va avanti a gonfie vele. A cambiare i destini della Repubblica ci penserà la peste, la batosta che ne ha ridimensionato l'orizzonte. - altro sorso di bianco - Tornando a noi, il Barnaba ebbe un varo in pompa magna, tanto è vero che l'equipaggio era tenuto a indossare calzature all'altezza del cerimoniale. Il brigantino salpa nella primavera del milleseicentoventisette, fa scalo a Napoli dopodiché punta la prua verso la Spagna. E qui succede l'incredibile: in un Mediterraneo risaputo in ogni anfratto, il capitano Tagliavacca porta il Barnaba dritto dritto su una secca. -
- Non ci posso credere! - Pandora, risentita come se il brigantino fosse suo.
- E così finisce la storia del Barnaba, finisce dove inizia la sua leggenda. -
- Leggenda in che senso? -
- Si tratta di una sfilza di superstizioni, perlopiù fanfaluche da mitomani, però mescolate ad avvenimenti documentati.

Fesserie e fatti accertati, insieme come se frutto di un disegno preciso. -

- Ottimo, bella suorina. Possibile che le donne da sposare si ritirino nei conventi e che sul mercato ci rimangano solo le nevrotiche? -
Benedetta - Ha intenzioni serie, professore? Lei mi tenta. -
- Non faccia la furba: pensa che la lascerei dormire tranquilla? -
- Non farei entrare in casa nulla che prima io non abbia vagliato attentamente, soprattutto se in arrivo da una farmacia. -

- Dei soldati di passaggio vedono il brigantino insabbiato, salgono a bordo e non ci trovano nessuno. Il tesoro parrebbe intatto, la truppa lo sbarca e, dopo aver assicurato lo scafo, prepara il campo in attesa di ordini superiori. -
- C'è una documentazione in proposito? -
- Sì e no; lo si presume dal successivo rapporto dei rinforzi sopraggiunti, documento tuttora conservato a Madrid. -
- Che dice? -
- Dice che il campo ha subito un attacco da parte di ignoti, andando distrutto dal fuoco. A quel punto il tesoro manca di parti cospicue e, sparsi tutt'attorno, ci sono i cadaveri dei componenti il drappello. -
- E il brigantino? -
- Scomparso. La marea lo avrà disormeggiato e spedito a sfasciarsi sulla scogliera? Molto probabile, solo che ... -
- Che? -
- Le gomene che lo assicuravano alla terraferma erano state recise di netto. -
Pandora, bella, giocava col bicchiere.

- Ecco il branzino. -

- Tutto ciò cosa ci suggerisce? -
- Magari fu per l'avidità di qualche soldato, ora che la Corte di Spagna traballa e s'intuisce che sarebbe fallita; o forse è stato per il passaggio di predoni da terra o dal mare, o di un bandito locale che si trova davanti l'occasione della vita. E non escluderei la possibilità di un patto tra i membri della guarnigione, che prima si accordano su una versione da fornire ai superiori e poi, secondo i mezzi di trasporto disponibili, occultano buona parte del tesoro. Insomma, non c'è da fidarsi. -
- Già. -
- A quel punto cominciano a inseguirsi delle leggende che, come spesso accade dopo un fatto oscuro, si propagano sempre più lontane dal vero man mano che si allontanano nello spazio e nel tempo. -
- Per esempio? -
- Per esempio la storia di un peschereccio catalano che affianca un brigantino alla deriva, in apparenza disabitato; il manipolo di marinai cristiani si accorge che la nave lascia una scia scura che si è popolata di pescecani. Il marinaio più intrepido sale a bordo e lì chi ci trova? -
- Chi ci trova? -
- Il diavolo, placidamente seduto sulla tuga, che guarda il marinaio intrepido buttarsi in mare urlando di paura. -
- Eh eh eh. -
- Qualcosa di simile è capitato anche a Tabarca: l'episodio ha avuto eco in tutto il Mediterraneo e in questo caso dobbiamo aggiungerci pure la confusione generata da maccheroniche traduzioni dall'arabo. -
- Eh eh: ci mancavano le traduzioni maccheroniche. - rise Willy
- E così il diavolo diventa il pirata Teschio di Cane e il suo mito solca in lungo e in largo i porti e gli approdi. -
- In pratica ovunque ci sia un'osteria. -

- Già. Ma ogni tanto spunta qualcosa di circostanziato a complicare le cose. A Tabarca, e questa è Storia, nel seicentosettantasette va a fuoco la fortezza sul mare e qualcuno vede allontanarsi un'imbarcazione che nessuna marineria riconosce come propria.
Anche a Malta e a Bari avvengono fatti incomprensibili, intanto che l'Europa cambia volto. E dalle nostre parti le cose non vanno meglio: nel settecentodiciassette tutto il repertorio mercantile è temporaneamente trasferito su di un barcone ormeggiato là - indicò un punto nel panorama - per non si sa quali lavori ordinati dalla Repubblica. -
- Tiro a indovinare: anche stavolta divampa un incendio? -
- Esatto. - un altro bicchiere gli fece ballare il pomo d'Adamo - E poi: il rogo che manda in fumo mezzo Palazzo Ducale nel settecentosettantasette, è mai stato chiarito? -
- Non a me personalmente. - così Willy sottintese che non ne avesse mai sentito parlare prima del trascorso istante.
- Nei due falò sparisce la documentazione concernente secoli di attività mercantile e da allora siamo costretti a ricostruire gli avvenimenti partendo dai dettagli, fossero anche liste della spesa o bigliettini d'amore. -
- E Storia e leggenda pérdono il confine. -
- Sì, Pandora: fra loro non c'è più demarcazione certa. -
- Dove vuole arrivare, prof? -
- Ancora un po' di pazienza, giovanotto; nell'ottocento imbarcazioni più tecnologiche e frontiere ridisegnate da imperi che si sfaldano, o che s'impongono, privano gli avvenimenti della magia del tempo che fu. La leggenda del Barnaba e di Teschio di Cane si affievolisce. -
- Cannoni e incrociatori fanno paura anche al diavolo, eh. -
- Il progresso dissolve la superstizione, certo, eppure ci sono accadimenti che sembrano ammettere l'esistenza di una sfera parallela che prosegue per la propria strada, incurante. -
- Che cosa significa? -

- Dove c'è un tesoro, o il sospetto che possa esserci, sempre si troveranno dei personaggi senza scrupoli che lo inseguono. Tal Esculapio di Dragone, antiquario in Napoli, riceve nell'ottocentosessantasette la lettera di un non meglio identificato Casimiro S, lettera che pressappoco recita: "Dott. Dragone, l'ho visto! Ce l'ha il suo collega di Sebastopoli, quel maledetto ebreo tedesco. Il piano per arrivare a ciò che lei sa (e che, a maggior ragione, richiede un aumento di compenso rispetto al nostro ultimo colloquio) prevede prima l'acquisizione dello scrigno e, in seguito, il trasferimento Sebastopoli-Costantinopoli-Pireo grazie ad appoggi colà perfezionati. Appoggi tanto desiderosi di denaro quanto più affidabili, mi spiego? Una volta in Grecia valuterò secondo opportunità se proseguire via-mare o piuttosto, qualora vi riscontrassi maggior sicurezza, rientrare per terraferma.
Prepari il pattuito e sia ottimista, entro due mesi potrei essere al suo cospetto. E che San Barnaba ce la mandi buona!" -
- Che San Barnaba ce la mandi buona ... -
- Sì, Pandora: che San Barnaba ce la mandi buona. -
Willy s'intromise - Magari è solo una raccomandazione fatta a un santo pescato a casaccio. -
- Può essere, figliolo: in questo caso, però, il pio invocato non ha raccolto la supplica. -
- In che senso, prof? -
- Provate a visualizzare la cartina geografica dei posti in esame e nel periodo in questione; ci vedreste una confusione di segni a pennarello che tagliano terre e mari e, ne consegue, storie di persone e di frontiere. In quest'angolo di mondo pasticciato dalle umane altalene, un filo rosso disegna il percorso descritto dal buon Casimiro. Un filo fatto di incendi, rosso del sangue di vittime imputabili sì alle vicende di cui sopra, ma nella fumosità di quando il corso della Storia finisce per mescolarsi alla leggenda e generare il caos. -
- Il filo quale percorso segue? -

- Parte da Sebastopoli, passa Costantinopoli e il Pireo; riappare a Durazzo, prosegue via terra per Ragusa in Croazia e, da lì, via mare raggiunge Bari e in seguito Benevento. -
- Finisce a Napoli? -
- Sì, Pandora; finisce nel sangue di Dragone sbranato vivo. -

- Pronto? Ciao, Gas. No, per me niente pollo. Sono a pranzo dal prof. Eh, lezione lunga. Le consegne? Mi spiace, cioè sono contento. - abbassò il tono - Cosa vai a pensare? Ci vediamo dopo, adesso non posso, c'è gente. - ma dovette cedere alla richiesta - Vabbe', orsone. Ciao, orsone mio. -
Poi rivolse agli altri il suo - Scusate. - imbarazzato.
- Orsone mio? - si chiese il Serafini.
Pandora rise.

- Gradite i biscotti col vin santo? - Benedetta prese a sparecchiare.
- Sicuro. Ah: se lei fosse così disponibile anche per il riposino pomeridiano ... - si lamentò volpino nonché lupesco.
- Le serve un altro guanciale? -
- A farmi mancanza è qualcuno sdraiato sul materasso. -
- Le presto il peluche? - la suora vantava tempi comici di prim'ordine.
- No, io non intendo coricarmi con gli orsoni. -

- Ottimo anche il caffè, prof. -
- Questo paradiso mi mancherà, quando verrà il momento di salire in paradiso. -
- C'è ancora qualcosa che ha a che fare col brigantino? -
- L'ultimo episodio risale a settant'anni fa. -
- Con le date in campo, sembra ieri. -
- Io c'ero già e già più vecchio di voi. -

- Più vecchio di me, non di Pandora. Ancora il Barnaba, professore? - Willy il sarcastico.
- Sì, ma non più sotto forma di brigantino. -
- E allora di cosa? -
- Nel millenovecentotrentasette, proprio là sotto - indicò il ghetto che dal porto si espande fino all'Annunziata - una falange di fascisti con il fez in testa, e dentro la testa una valanga di cretinate, fa il diavolo a quattro fra banchi dei pegni, orafi, antiquari e botteghe. I carabinieri non sanno far meglio che girarsi dall'altra parte. Oltre all'umiliazione patita dagli abitanti, si tratta di un vero e proprio rastrellamento di beni. Il bottino arriva alla Casa del Fascio anche se, come vedremo dopo, non per intero. -
- L'ennesimo furto? -
- Solo che in questo caso, per il limitato numero di anni trascorso, è più facile ricostruire gli avvenimenti. -
- Quindi? -
- Nottetempo la Casa del Fascio è assalita da ignoti e le guardie lasciate a custodire il tesoro sono fatte a pezzi. -
- Madonna ... -
- Il principio d'incendio viene soffocato per tempo e, nonostante la confusione generi delle altre sparizioni, buona parte del bottino si salva. Tal Bellazzini, il gerarca che aveva guidato la squadraccia alla razzia, si precipita alla Casa del Fascio e partecipa al salvataggio del rimanente. Si parla di un boicottaggio perpetrato dai rivoluzionari, dai comunisti... È curioso come dalle carte si evinca il senso di un sopruso da lavare col sangue e in barba al diritto.
Il Bellazzini torna a casa; sua moglie lo sente rientrare, andare in bagno, bere qualcosa eccetera. Un tonfo, però, la insospettisce; la donna rimane in attesa che lui la raggiunga a letto, ma passano i minuti e quello non arriva. Finché lei si alza, va in soggiorno e nella penombra inciampa in qualcosa che rotola più in là. -

- Cos'era, prof? - Pandora, già subodorando il macabro.
- Era la testa del marito. -
- Oddio. -
- Ne segue un gran casino: mentre i camerati promettono sfracelli, i carabinieri rinvengono dei preziosi che non dovevano essere lì, quasi a intendere che gli assassini non avessero rubato bensì lasciato; dal canto suo, la signora dichiara che a mancare all'appello era un cofanetto che il marito aveva con sé il pomeriggio precedente. Un bauletto con intarsiate due mani che porgono un libro e protese verso una B maiuscola. -
- La B di Barnaba. - sussurrò lei.
Serafini fece una smorfia tra l'assertivo e il dubbioso.
Ancora un traghetto al traverso della diga; un aereo scendeva a ponente, di là dalle fronde dondolanti sulla fetta di città immutata da secoli.
Fu Willy a rompere il silenzio, forse per un improvviso bisogno di realtà - La B potrebbe intendere la Bibbia. -
- Può essere. - il prof lo ammise in termini di raziocinio più che di convincimento.
- Oppure, e gli indizi non mancano, che il tesoro del Barnaba è al centro di una vecchia disputa tra antiquari. -
- Credibile. -
- I fatti non muterebbero nella sostanza, ma si spoglierebbero del sovrannaturale che affiora qua e là. -
- Certo, giovanotto, è possibile. -

Benedetta venne a sedere con loro, visto che le faccende ormai disbrigate la autorizzavano a qualche minuto di svago. Aveva portato un liquore di nocino e, stavolta, i bicchieri erano quattro.
- Lei conosce San Barnaba, sorella? - domandò il prof.
- Si riferisce al santo o al convento qua sopra? -
- Al santo. -

- Si tratta di un apostolo di grande importanza; spogliatosi d'ogni suo avere, Barnaba abbandona Cipro e dedica la vita alla diffusione del Vangelo prima in Asia e poi in Europa. -
Pandora - Divulga il Vangelo, dunque le mani che porgono il libro potrebbero alludere ciò. -
Willy - Oppure a che un artigiano abbia voluto regalare un cofanetto porta-Bibbia alla sua fidanzata o a sua zia. -
Benedetta, impossibilitata a rincorrere il filo di un discorso cominciato in sua assenza, proseguì - Barnaba è il Figlio della Consolazione, la consolazione che porta Parola e Amore come lui portò nella confessione il cugino Saulo, poi detto Paolo, e Giovanni poi detto Marco. Barnaba è il Figlio dell'Esortazione alla Fede portata da Cipro ad Antiochia, da Gerusalemme alla Siria e compagna del verbo del Signore. - sospirò - Barnaba porta sempre qualcosa con sé. - sorrise.
- *Barnaba ha qualcosa con sé.* -

-

- Stavolta Gas mi ammazza! - la pollo-moto prese la sua dose di pedate alla leva - Non è tardi, è tardissimo! -
- Il Serafini ci è stato utile. Bravo Willy. -
Già in sella, saltellando per la mulattiera, lui rispose - Mah, mi è parso un cumulo di superstizioni, di pettegolezzi; un uomo di sapere dovrebbe dire che mancano elementi certi e chiudere con ogni divagazione. -
- Però c'è del vero, Willy. Le storie di brigantini e di tesori ricordano letteratura da quattro soldi e filmetti ruffiani ma, ciò detto, fra passato remoto e passato prossimo s'intravede un filo conduttore. -
- Pandora: non so se oggi abbiamo assistito a una lezione di storia oppure se siamo capitati nello zibaldone di un vecchio miscredente incline al vino e al palpeggio. -
Arrivò l'asfalto, le automobili, gli sguardi divertiti allo sfrecciare del pollo abitato.

-

Pandora tolse il casco, rinnovando l'incantesimo - Scappo! -
- Quando ci vediamo? -
- Mercoledì, per il consulto da Vanessa. -
- Ma non è che ... -
Pandora rise - Ok, va', stasera portami quattro polli. -
- Sei sicura? Non scherzare sul lavoro! -
Già a metà rampa, si volse magnifica. - Quattro polli per fine giro, scemo: sui polli non si scherza. -

-

Pur se di pomeriggio, l'appartamento era semibuio - Come mai a quest'ora? -
- Ero a una lezione. - nella voce di Pandora, nessuna gioia.
- Niente da raccontare che mi piaccia? -
- Niente. -
- Stasera vengono su i Molteni. -
Lei lasciò la stanza; il marito riprese a comporre il puzzle.

-

- Ciao, Gas. -
- Ciao. - intento a tagliare a misura lo scampolo di moquette per il tetto, Gas neppure si voltò.
- Quanti pezzi oggi? -
- Sedici. -
- Sei già al tetto? Hai fatto presto a finire i laterali. -
- Ti trovo strano, Willy; è da un po' che sparisci, usi la moto e neppure protesti nel vedere i progressi dell'Apollo. -
- Ma no; uso la moto per far prima, anche se non si direbbe, e trovo obbrobrioso l'Apollo oggi come sempre. -
- Sarà come dici. -

-

Gas si alzò dal letto - Conviene darci da fare: già c'erano otto prenotazioni, e in queste due ore ho sentito scattare la segreteria un tot di volte. -
Willy lo guardava con altri occhi - Ti trovo in forma. -

L'altro si volse e ancora una volta lo sguardo gli si fece indagatore - Sì? Io mi vedo panciuto. -
- Senti, Gas ... -
- Hai qualcosa da dirmi, vero? -
- Hai mai nostalgia del passato, di com'eri prima di conoscermi? -
- Quando ero diverso dal diverso che sono diventato con te? -
- Sì. - rotolò nella porzione di letto vicina allo specchio.
Gas indossò gli slip - Adesso cosa ti viene in mente? -
- Rispondi, orsacchione. -
- Ehi, ma non senti il richiamo dei polli? Ti sembra il momento per le malinconie? -
- Dai, com'eri? Davvero ti piacevano le donne? Insomma: com'eri da sposato, il tuo passato ... -
- Tu sai come funziona il passato, no? Se hai fortuna e le cose ti vanno bene, del passato non te ne frega un cazzo; se invece le cose ti vanno da schifo, finirai col rimpiangere anche il passato più aspro. È semplice, testa a pera. -

-

- Cuocete, amate bestiole, e sfamerete gli oppressi. Tu che sei ciccione finirai nella panza della Finello, che è sempre sola e mi fa tenerezza. E tu che sei brutto scandaglierai le interiora di quel fesso di Matteo, e quando sarai alle porte del suo buco del culo usami la cortesia di metterti di traverso. -
- Gas: sistema in pista quattro bestie per Torricelli-Noci. -
- Quando hanno chiamato? -
- Hanno chiamato me sul cellulare. La signora Noci viene spesso all'università e ci s'incontra nei corridoi. -
- Tu guarda la combinazione. - Gas la smise con le sue scemenze da girarrosto.

4

- Chi è? -
- Siamo i polli, signora. -
- Salga. -

Di nuovo l'androne, le statue e le vasche; l'ascensore di vetro e luce, silenzioso da sembrare mosso da un discreto dio dei ballatoi.

Il bagliore illumina a turno i livelli superati, la luce soffusa sui pianerottoli cede il passo ai tagli di cotanta magnetudine.

Una testa in marmo sfiora il passaggio dell'elevatore fin quasi a romperne il cristallo, salvo poi lasciarlo scorrere indenne.

Nessuno per le scale, nessun rumore.

Come un diavolo di pietra seduto sul fondo di una fontana in abbandono, la governante attendeva nella fetta nera dell'uscio socchiuso.

- Buonasera. Quanto le devo? -
- Ventiquattro euro. -
- Attenda qui. - Germana accostò la porta lasciandolo sul pianerottolo.

Una cantilena ovattata salì dal piano sotto; la voce sembrava strisciare sulla rampa per poi dilatarsi tra le piante, fra i marmi, e anche la certezza che provenisse da dietro una porta chiusa non ne attenuava il raccapriccio.

Willy scostò l'anta: nel buio indovinò i corridoi da cui provenivano la luce delle candele e un vociare remoto.

Fece un passo all'interno per intravvedere, scuro più dello scuro, il quadro del Coronata a chiudere la parete in fondo.

- Ti avevo detto di aspettare fuori. -

Willy trovò a un palmo da sé il volto incavato della governante - Mi scusi, io ... io cercavo la signora. -

- La signora è di là. - una mano ossuta salì a porgergli il denaro.
- Può chiamarla un secondo? -
- È impegnata a intrattenere gli ospiti. -
- Solo per un saluto. -
Lei fece un passo avanti, costringendo lui a farne uno a ritroso - La signora non desidera essere disturbata. -
- Voglio solo ... -
Negli occhi di Germana brillò un lampo di follia - Non devi voler niente da chi abita qui, niente! Vattene! Qui c'è solo perdizione, c'è solo vizio! -
Lui rinculò sul ballatoio, mentre l'ascensore chiudeva le porte e si avviava verso il basso. Willy trovò il primo gradino e, incerto nel passo, il secondo; della governante intuiva il volto nello scuro oltre l'uscio.
Semi-nascosta dietro un vaso sul percorso, la statua di un giocoliere invalido aggiungeva angoscia all'angoscia.
Willy cominciò a scendere; Germana era ancora là, un teschio capelluto nei pochi centimetri tra le ante.
Passando davanti alla porta di Evangelo, la cantilena si fece più forte; la grande scultura di metà ballatoio si divideva fra ombra e luce, fra eleganza e dolore.
Ancora un tum a rimbombare nel vuoto, l'ascensore era giunto a piano terra. Willy avvertì un senso di soffocamento e, come il topo che ha mangiato l'esca, ebbe bisogno di aria. Aprì una finestra e si affacciò sui vicoli illuminati a macchie; da giù salirono tre colpi di un tamburo da esecuzione, unica parte udibile del fondale maligno.
Willy riprese a scendere; l'ascensore invece saliva e presto lo avrebbe sfiorato, tra le lame di luce e le ombre sghembe dei busti e delle foglie di sempreverde.
A bordo c'era un uomo; Willy ne vide la parte superiore della testa, dai capelli radi lì quanto lunghi sul collo.

Arrivò il volto da topo grassoccio, infesto nello sguardo rotondo e nel sorriso bugiardo.
Una persona già vista, ma chissà dove e quando.
Mentre ne scorreva l'abbigliamento démodé e l'ombrello pendulo lungo il fianco, Willy riprese a scendere; con l'occhiata dopo non vide che la forma schiacciata e ormai al livello superiore.
Willy passò le vasche dell'ingresso, aprì il portone ed ebbe il sollievo di essere all'aria aperta.
La piazza placida sembrò deriderlo, pittoresca nell'alternanza di angoli scuri e di spigoli illuminati.
La moto lo aspettava insieme al riformarsi della capacità di ragionamento e al rammarico di non aver avuto il coraggio di fermarsi a vedere a quale piano si era fermato l'ascensore.
E al pensiero di Pandora, lei sola fra la gente di là dalla balaustra sospesa tra la facciata secentesca e il cielo di piombo.

Gas stava stravaccato a guardare la tele - Sei tu? -
- Sì. -
- Tutto a posto? Hanno pagato? -
- Sì. -
- Vieni a vedere il film? -
- Mi butto in camera a studiare. -
L'intenzione era di provare a pensare ad altro, ma la pagina del libro continuava a inciampare nel viso di Pandora.
Il filo rosso-sangue, le date tutte a finire con il numero sette, le leggende marinare, l'arabo che complica le cose; le mutilazioni, tesori e pasticcioni, i fogli che bruciano nei roghi o che volano via. Benedetta che sorride - Barnaba ha qualcosa con sé. - il sospetto nella voce di Gas, Gas che mestamente si avvia nel passato. Una cantilena, la statua illuminata e gli occhi cattivi della governante, tre tocchi di

tamburo e l'uomo con l'ombrello che sale ai piani sopra e gli sorride insincero.
Fuori, intanto, si era messo a piovere.
-
L'onda batte sullo scafo, la scia ribolle di squali, il diavolo si volta a guardarlo ...
- Click. - le due e dieci; il suono di un messaggio lo tirò via da un sonno tormentato.
- Scusami, tesoro: non so perché Germana non mi abbia chiamato. A domani. Buonanotte. -
Finalmente giunse un sonno accettabile.
-
Il legno della poppa pettina gli spruzzi che, una volta liberi, tornano ad azzuffarsi. Il vento gioca con la bandiera da pirati arricciandone le estremità, ma aprendola al centro, e gli scogli sono perfette pennellate nere e salate.
Le venne incontro il marito; Pandora nascose il cellulare nella tasca della vestaglia che lui scostò per vederla in intimo.
Poi le consegnò un fazzoletto perché si levasse il trucco e la baciò, mentre in fondo al corridoio la governante preparava Gabriele per la notte.
-
Un rumore irritante riportò Willy fra i desti: Gas collaudava l'Apollo. Il latrato del motore, la pelle a coprire la carrozzeria, zampe e cresta ai propri posti, il bargiglio sotto il fanale: l'estremo insulto al senso del bello, la decenza infangata ancora una volta - Un capolavoro, eh? Vuoi l'onore del giro di prova? - gli gridò nel frastuono.
- No. -
- Non sai cosa ti perdi. Ora vado in centro a far parlare di me e scommetto che da oggi incrementiamo gli affari. -
- Non hai messo il motto? -

- Come no? - con due manovre portò a vista il retro a culo di gallina ricavato arricciando la moquette - Un gioiello, eh? - lo sportello recitava puntuale numero, via e slogan.
Col rumore che fa belzebù nel mitragliare un confessionale, Gas sparì a tutto gas.

-

- Ciao, dove sei? -
- In facoltà; stavo guardando se avevi risposto al messaggio, prima di spegnere. -
- Eri preoccupato? -
- Sì! Abiti nel palazzo delle streghe! Matti mugolanti, mostri in ascensore e una pazza dentro casa! -
- Scommetto che ce l'hai con Germana. -
- Ha detto delle cose brutte. -
- Tipo? -
- Ha parlato di vizio, di depravazione e mi ha sbattuto fuori. -
- Non è che i racconti del prof ti hanno suggestionato e tu hai visto delle cose che non c'erano? -
- Ho visto gente da manicomio, tutta gente che c'era. -
- Ne parlerò con lo psichiatra del primo piano. -
- Sì, ecco, scherza pure. -
- Dai, non farmi i musi. -
- Ti faccio i musi. Abiti in un brutto posto. -
- Lo dirò a quello che ci ha offerto sette milioni di euro per l'appartamento e che noi abbiamo messo alla porta. - rise.
- Parli sempre di soldi? Con quella cifra potevi mangiare unmilionecentosassantaseimilaseicentosessantasette polli recapitati a domicilio, coscia più ala meno. -
- Parli sempre di polli? -
- Quando ci vediamo? -
- Non eri indeciso? O hai deciso? -
- Quando ci vediamo? -
- Domani pomeriggio alle cinque. Vieni col bolide, che si va da Vanessa. -

- Soldi e quadro, quadro e soldi; per sapere che ti hanno bidonato ci serve il parere di un'altra fanatica? -
- Non se ne può fare a meno. -
- Beh, se insisti ... Io m'incammino, che hanno già chiuso l'aula. -
- Dall'alto delle mie lauree trovo inqualificabile il comportamento dello studente che a lezione in corso se ne sta al cellulare! E sapendoti prossimo alla tesi, dico che ... -
- Tu sei ... -
- ... sono? -
Willy sillabò sottovoce - ... incantevole. -
  -
- Ma che disgrazia, io mi maledico, ho cotto quel pollastro che è un mio amico. -
Willy chino sui fogli - Un cliente nuovo: che sia l'effetto Apollo? -
- Io ti cuocio ancora, le tue ali ancora, le tue cosce ancora, la pellaccia ancora, e ti giro ancoraaa ... - dopo Battisti, Mina.
- Catering compreso, trentasette bestie pronte al decollo. -
- A-a-bbronzatissimo. sotto i raggi del forno, a un passo dal rutto, mi arricchisco con te! -
- Dov'è questa via? -
Gas sbirciò le prenotazioni - Ghetto. -
- Io non ci vado! È pericoloso. -
- La gallina non è un animale intelligente, lo si capisce, lo si capisce da coooome cuoce sulle teeeeempiiieee! -
- Mi ascolti? Non ci vado! -
- Ci vado io, culatello al pepe rosa. Il vecchio Gas carica sull'Apollo le quindici bestie del catering, quella di Pizzi, le due del Bostrangio e il galletto del tuo cazzo di ghetto. -
- Ti ho detto che là è pericoloso! -
- Ascoltami bene, faccia da schiappe: sai qual è il vero pericolo, eh? Non vendere polli. Se io non vendo i polli sono in pericolo. Perciò se mi chiama Satana e ordina una bestia,

io inforco il potente mezzo e gliela consegno. E ti dirò di più: a essere in pericolo è chi vuol separare i miei polli dalla clientela! -
- Non fare il minchione, Gas: la zona è off-limits! Me l'ha detto un poliziotto. -
Gas fissava il girarrosto - Il pollooo, non s'è fermato mai un momento ... - fu il turno di Jimmy Fontana.

-

Gas rientrò alle nove; Willy sentì echeggiarne le bestemmie fra i tonfi della roba scagliata - Puttana la vacca schifosa! -
- Ti hanno rapinato? Aggredito? -
- Peggio! Dei teppisti hanno pisciato sull'Apollo! Figli di troia! E mentre tornavo a prenderlo, mi hanno pure riso in faccia. Ancora non sapevo ... Sì, ma se li pesco ... -
- La moquette s'è impregnata? - Willy trattenne il riso.
- Come una spugna: adesso l'Apollo ha lo stesso odore dei cessi di Principe. - dichiarò, mai così mogio.

Il pomeriggio seguente, Willy diede stura al piano: attese che Gas fosse giù a lavare l'ape, armato di un catorcio che lui chiamava lava-moquette, per formare col telefonino il numero della segreteria lì accanto.
Sentì il click, poi la sua voce riempire la stanza - Ehi, Gas, vado col prof in Cinque Lampadi dall'antiquario Bauer. Prendo la moto. Spero di non tardare. Ciao. - con quella mossa si risparmiava lo sguardo indagatore e il sarcasmo.
Gas, salito dopo un quarto d'ora, aveva attivato la segreteria e ascoltato il messaggio.
Ridisceso a profumare l'Apollo diede un'occhiata se il secondo casco, quello senza la cresta, c'era o non c'era.

-

- Sarebbe saggio tornare per le sei e mezzo, sette meno venti al massimo. -
- Dovremmo farcela. -

- Non si poteva fare un po' prima e stare di più insieme? -
- Il mercoledì viene l'insegnante di piano di mio figlio, per le indagini mi rimane poco tempo. -
Cinque Lampadi sta dietro San Pietro della Porta; a piedi bastano venti minuti, ma la scorribanda a pollo meccanico era diventato un appuntamento irrinunciabile - Largo! -
- Signora: si sbrighi ad attraversare o qui facciamo l'uovo! -

- Mi spieghi chi sarebbe 'sta Vanessa Bauer? - la vetrina della bottega illumina parte della piazzetta.
- Un'antiquaria dentro il suo negozio d'antiquariato, secondo te chi sarà mai? -
- Formulo meglio: come fai a conoscerla? -
- Lei veniva in università per degli approfondimenti su valutazioni, mercato, arte concettuale eccetera. Io e lei abbiamo familiarizzato e, te lo giuro, la invidio: Vanessa è sempre in giro a cercare qualcosa di raro e di bello, sempre a mostre e convegni. È l'ultima di una stirpe di mercanti d'arte, tanto da potersi dire figlia d'arte, eh eh. -
- Perché non l'hai interpellata prima di spendere settantacinquemila euro? -
Il tin del campanello d'entrata, la risposta sussurrata - Perché è appena appena lesbica. -
- Pure lei? -
I due entrarono nella serie di ambienti raccolti in volte di mattoni; Vanessa era dentro a un gioco di specchi che la duplicava all'infinito e con lei c'era un signore alto e robusto.
- Ciao, tesoro. - la Bauer baciò Pandora.
- Ti presento Willy. - stretta di mano.
- Un minuto e sono da voi. Il commissario Casanova - sorrise al cliente - è un osso duro. Mi faccio in quattro per recuperargli delle stampe originali, ma lui continua a preferire il ciarpame anni '20. -

- Lei ha gusti troppo raffinati per uno zoticone come me. - si giustificò lui.
Lei propose - Pandora: perché non ci aiuti nella scelta? -
- Volentieri. -
- Ha visto, commissario? Ho convocato una seconda consulente e le giuro che non la stiamo mettendo in mezzo. -
- Mai rifiutare il parere di un'esperta. - l'uomo tornò alla cernita, lusingato che due donne tanto belle fossero con lui a commentare un foglio dopo l'altro.
- A me piace questa. - Willy indicò una stampa di chioccia con pulcini. Pandora rise e gli altri due, più gentili, la cassarono per motivi lampanti a tutti tranne che a lui. Così, profano e trascurato, mani in tasca cominciò a girare.

Alla seconda orbita tra le nicchie piene di oggetti e statuette, finalmente gli parve che dai tre fosse scaturita una scelta definitiva. Willy li riavvicinò.
- Mi avete lavorato ai fianchi e cedo stremato. - scherzò il Casanova.
- Non è quello che fate voi in questura? - la Bauer sorrise.
- In un certo senso. -
- Io non c'entro, il mio ingresso sulla scena del crimine non era premeditato. - rise Pandora, riavvicinando Willy.
- Le concederò le attenuanti del caso. - il commissario ne seguì le forme in allontanamento.
Mentre Vanessa e Casanova concordavano la consegna, Pandora e Willy ritrovarono il filo del discorso - Visto niente d'interessante? - domandò maliziosa.
- Io sarò anche ignorante come una scarpa, ma per me qui è pieno di puttanate. -
- Quanto mi piace questo lavoro. - le brillavano gli occhi.
- Ti diverti, eh? Si vede lontano un miglio. -
- Da matti! -

I minimi movimenti della punta del naso, quando il viso si concede all'entusiasmo, è uno spettacolo nello spettacolo.
- Cosa cavolo guardi? -
- Te. -

-

- Dimmi che lo hai visto. -
- Visto cosa? -
- Il cofanetto del Barnaba. Ricordo che Vanessa custodiva qualcosa di speciale che nessuno doveva vedere. - si fece cospiratrice - Ti ricordi la razzia fascista al ghetto? Lei è antiquario da generazioni e ha un cognome ebreo tedesco. -
- Sì, mentre mio nonno il palombaro si diplomava ciclista. -
- Tu sei malato di scetticismo, eppure la storia l'abbiamo sentita insieme. -
- È il fascino della critica: due persone ascoltano la stessa cosa e arrivano a conclusioni opposte. -
- E in letteratura ci si serve dell'ambiguità per rendere un finale plausibile in ragione di due o più punti di vista. -
- Già; però il mio punto di vista si formato nella logica, mentre il tuo galleggia nella superstizione. -
- Non a caso tu fai Economia e Commercio. Allora: l'hai trovato o no? -
- Piantala. -

A trattativa conclusa si cominciava a divagare. Pandora, pur non rinunciando a dargli di gomito e a indicare scrigni e bauletti, riportò Willy alla scrivania.
- Fino alle sette è tutto tranquillo, ma dopo cala il coprifuoco e non rimane che sbrigarsi, chiudere e farsi il segno della croce! -
- La situazione ci è nota, Vanessa; dopo anni di bande extracomunitarie la delinquenza è tornata a parlare italiano, una cura che ha finito per sostituirsi al male. Noi seguiamo una pista che ha per mandanti dei gruppi immobiliari decisi a

impadronirsi casa dopo casa di una zona che, passati i secoli di degrado, ritorna appetibile. -
- Teorie affascinanti, ma qui non sappiamo più cosa fare. Violenze, incendi e omicidi: possiamo andare avanti così? -
- Gli omicidi sono quasi tutti a danno di stranieri, un dato evidente su come evolve la situazione. Le caratteristiche del quartiere, poi, sono le tipiche di ogni grande casbah ed è impossibile perlustrare migliaia di vicoli; ormai si è al sicuro solo nelle direttrici più frequentate e nei carruggi maggiori. Questa gentaglia sa rendersi introvabile perché abita qui e sa dove nascondersi. Ed è difficile infiltrare degli agenti, perché ogni esterno finisce con l'essere rifiutato. Abbiamo anche approntato degli appartamenti con dentro personale e telecamere, ma finora non è servito a niente. -
- Sembra una dichiarazione d'impotenza. -
- Ci stiamo lavorando, altroché; il segreto è beccarne uno, uno solo, e allora sarà possibile lavorarlo in termini utili. - alluse a quanto brutta sarebbe stata la prima sera che il catturato avrebbe trascorso in loro compagnia.
- Nel frattempo? -
- Prudenza, Vanessa, prudenza. -
- Vada per la prudenza, ma lei non si dimentichi di noi. -
- Impossibile. Oltre alla sua bellezza, a rammentarmi di lei ci sono tutti i soldi che le devo. -

Seduta di fronte a loro, congedato il commissario, Vanessa mostrò lo sguardo chiaro, i lineamenti sottili, la bocca perfetta - Pandora: che piacere rivederti, dopo tanto tempo. -
- Da non crederci, visto che abito a un quarto d'ora da qui. -
- Mai neppure a una mostra, a un'asta, a un convegno. -
- Colpa mia; da che mi sono sposata ho ristretto il mio raggio d'azione, mentre tu sei sempre su un aereo ... -
- Vero, ahimè; sono appena rientrata e sabato già riparto. -

- Prima dicevo a Willy che se io volessi un'altra vita, beh, sarebbe la tua: viaggi, sorprese, interessi ... -
- Tu sei troppo bella per invidiare qualcuno. -

Finiti i convenevoli Pandora le disse del dipinto.
- Hai tu il Barnaba del Coronata? Sul serio? Mi ricordo l'asta che lo aggiudicò, ma non di te come acquirente. -
- Lo abbiamo ritirato a nome della società di mio marito. -
- A questo punto, immagino che l'argomento sia il quadro. -
- La domanda è: cosa ne pensi del Coronata? -
- Sinceramente? -
- Sì! - s'inserì Willy, fiutando aria di rivalsa.
- Artista di scarsa importanza. È solo per la penuria di pittori causata dalla peste, oltre che per le leggi folli del mercato attuale, che il Coronata giunge a una rivalutazione. So ci sono dei professori che ne tessono le lodi, tipo il Buranello o il Ratti, ma sono solo degli arruffoni a caccia di visibilità. -
- Parli da antiquario o da esperta d'arte? Intendo dire, per la commerciabilità o per il gusto? - domandò Pandora.
- Come antiquario, visto il prezzo battuto, posso solo rammaricarmi di non avere seguito la trattativa; c'era dietro il Falabrino, uno squalo che non ti dico. Per gusto, invece, trovo impensabile che la tela abbia raggiunto quella cifra. -
Pandora ascoltava serena; anche troppo, per non insospettire Willy - Che fosse emarginato per la precisione maniacale non ti pare un elemento a suo favore? -
- Parliamoci chiaro, Pandora: il valore, quando c'è, viene a galla. Spesso non contemporaneamente alla vicenda umana dell'autore, è vero, ma alla fine viene a galla. Le opere di Bernardo Strozzi, di Piola e di Fiasella hanno convinto da subito, mentre seconde firme erano seconde allora come lo sono oggi. A creare mostri di bravura sono i mercanti d'arte che intendono valorizzare ciò che hanno tra le mani; i Falabrino, astuti, prima dell'evento fanno girare degli articoli

orientati, coinvolgono quattro topi d'aula in disperata attesa di una telecamera e il gioco è fatto. -
- Che cosa puoi dire ancora del Coronata? -
- A bottega da un Piola alla fine dei suoi giorni, rimane oltre la morte del maestro. Dipinge delle marine e i ritratti dei figli dello Squarciafico. Scalzato dai colleghi di bottega impegnati ad apprendere la lezione dei fiamminghi che lavorano in città, Coronata finisce defilato a dipingere croste di prelati e di ortolani benestanti. E in provincia ci muore, non si sa quando né dove, ma ubriaco di sicuro. -
La suoneria di un cellulare suonò remota - È il vostro? No: è il mio. Miracolo, oggi c'è campo. Dove ho la borsa? Chiedo scusa. - Vanessa si allontanò e rispose in russo alla chiamata.
- Ah ah! Colpita e affondata. Ti hanno bidonato, e a dirlo è l'esperta che tu stessa hai interpellato. -
- Vanessa sta mentendo, Willy. - Pandora, pensosa.
- Prego? -
- Non capisco il perché, ma Vanessa sta mentendo. -
- Doveva darti ragione per forza? -
- La conosco bene. Perché non ha citato le opere del ritorno, né il lavoro alla Lanterna, lei che sull'argomento ha pure tenuto una lezione all'università? -
- Cosa intendi nel dire la conosco bene? -
Pandora spiò la posizione di Vanessa; trovandola immersa nella conversazione si alzò - Vuol dire che la conosco bene. - con fare furtivo si portò all'altro lato della scrivania.
- Avete avuto una storia, eh? Ehi: sei impazzita? Che cazzo fai? - le chiese, vedendola aprire i cassetti e spostare le cose.
- Avvertimi se viene. -
- Ti dà di volta il cervello? Che cosa cerchi? -
Scartabellando e spostando, rispose distratta - Vanessa ha mentito, Willy, e io saprò cosa cerco una volta che l'avrò trovato. -
- Vuoi metterci nei guai? -

Vanessa si mosse. Willy si scoprì sudato - Arriva! - ma erano solo due passi che Vanessa percorse telefono all'orecchio.
- Cazzo, cazzo, cazzo! - Pandora cercava e imprecava.
- Cazzo un cazzo: torna seduta! -
Nell'ultimo cassetto lei trovò qualcosa. Gli occhi si alzarono agli angoli del soffitto.
Willy, seguendone lo sguardo - Telecamere? -
- No, non ne vedo. Qui c'è un mazzo di chiavi, forse il secondo paio. - lo sollevò un momento - Guardalo, Willy: chiave lunga, due piccole e una elettronica da antifurto. -
- Se fosse il primo e unico mazzo? -
- Già, dobbiamo accertarci che sia il secondo. - lo rimise nel cassetto - Appena torna Vanessa io la distraggo e tu, senza fare il coglione, guardi se dentro la sua borsetta c'è un mazzo identico. Se lo vedi, torni qui e rubi questo: è chiaro? -
- Sei impazzita? -
Pandora tornò a sedere - C'è qualcosa di poco chiaro. Una professionista non dice certe cose, se non per un secondo fine. Tecnica a parte, Coronata è un artista maledetto. Vanessa sa perfettamente che sono gli elementi perfetti per una riscoperta. La morte ai margini del mondo, poi, è un motivo in più per scatenare l'entusiasmo di un antiquario. Se fosse sincera farebbe i complimenti a me e a chi ha saputo rilanciare un artista che ne aveva merito. -
- Lei dice che il pittore non era granché, e la storia dell'arte sembra pensarla allo stesso modo. Le sue osservazioni su come promuovere opere di secondo livello, più sensibili alle opinioni, sembrano logiche. Cosa c'è che non va, allora? -
Vanessa tornava, i sorrisi si riformano sui volti.
- Fa' quel che ti ho chiesto, Willy, ti prego. -

- Problemi? -
- Le solite discussioni col socio di San Pietroburgo; ogni volta che scende sul Mar Nero sparisce per qualche giorno. -

D'un tratto fu il cellulare di Willy a squillare - Pronto, Gas. Dimmi. Sì, sono in Cinque Lampadi. -
Pandora colse l'occasione - Bel negozio, Vanessa. Lo hai sistemato davvero bene. -
- Da quanto non venivi a trovarmi? -
- Da un secolo; abiti sempre al piano sopra? -
- Sì. -
- Posso vederlo, intanto che Willy liquida il moroso? -
- Con piacere. Vieni. -
Le donne si alzarono e Pandora fece appena in tempo a guardarlo con la muta preghiera di mettersi in azione appena possibile. Lui le vide salire la scala, intanto che divideva l'attenzione tra le parole in trasferimento e la brontolata di Gas - Sì, ho capito. Mezz'ora e sono da te. Ciao. -
Chiusa la chiamata, Willy rimase seduto - Secondo quella matta dovrei perquisire una borsetta e rubare delle chiavi? -
Da sopra gli arrivavano le risate e i cigolii dei passi sul legno del soppalco; grazie a questi indizi sonori Willy riusciva a localizzarle - E se entra un cliente e mi becca con le mani nel sacco? Magari proprio il commissario che si è dimenticato di dirle una cazzata. E poi: siamo proprio sicuri che non ci siano telecamere? -
Cosa stava diventando la Torricelli-Noci delle quattro bestie per le otto e un quarto? Perché la sua voce gli si fermava dentro, invece che volare insieme alle parole? - Mah ... - meglio Gas con le battute, la dedizione al lavoro, la pazienza infinita; e il sesso consumato nella stanza grande, con l'odore di pollo arrosto che passa ed esce dalla finestra aperta.
Lo scricchiolio del legno tornava all'apice della scala, le voci riprendevano vigore.
Pandora ha un figlio, è sposata e abita nella castello degli orrori; forse nella sua vita c'è un segreto spaventoso e poi parla sempre di soldi, di quadro e di soldi.
- Di là ci sono il bagno piccolo e la cucina. -

Ed è una donna: da quando in qua mi piacciono le donne?
- Qui ho appeso il quadro di Odilon Redon. In salotto si perdeva, mentre adesso è protagonista. -
- Lo adoro. -
Pandora che si leva il casco, che fa il verso del motore, che ride; Pandora che negli occhi ha sempre il sole.
Lei che mi prende in giro, che in aula fa una domanda; e che quando arriva non c'è che lei, al mondo, nessun altro che lei.
Dei passi cigolarono sui primi gradini - Oh: hai ancora la stampa del Broccardi. -
- Te lo ricordi, quel matto? -
- Indimenticabile! Ti avrebbe regalato il panfilo con sopra moglie e figli, pur di passare una notte con te. -

Willy frugava nella borsetta - Dove siete, chiavi del cazzo? Presto, presto. -
La fibbia di una scarpa baluginò dal terzo gradino - Vedi, Pandora? Mi piace averla di fronte mentre salgo le scale. -
- Che fine ha fatto il mappamondo antico? -
Il quarto, il quinto - Ora mi becca con le zampe nel sacco. -
Il piede si mette di traverso - Fracassato! A quel tempo stavo con un tale ... -
- Con un uomo? -
Fazzolettini, il portafogli, le chiavi di una Mercedes, una trousse rosa, il lucidalabbra, delle caramelle alla violetta ...
- Un panzone ricco da far schifo, intrallazzato con gli arabi; pensa che conosce Bin Laden. -
Passaporto, un porta-tessere con le carte di credito - Dove siete, dove siete, chiavi puttanissime? -
- Una sera lui mi dice Vanessa: lo famo strano? -
Niente. Sesto gradino e arriva la coscia, compare la caviglia di Pandora. Le scarpe si rimettono di traverso.
- Io accetto la proposta, lui si leva le mutande ... -

Un trench nero appeso a un appendiabiti all'angolo della stanza - Uhm. - Willy richiuse la borsa.
- ... si mette a ululare come Tarzan, ma inciampa nel tappeto e plana sul mappamondo. -
Willy travolse la ceramica di un putto alato, ma riuscì ad acchiapparla a un centimetro da terra - ... ufffff. -
I piedi tornano dritti; le fibbie luccicano nel passo, appaiono i fianchi scuri e, dietro, le ginocchia di Pandora.
Nella tasca del trench c'è la ricevuta di un ristorante di Boccadasse, la cartina del centro-storico, un accendino ...
- Da morir dal ridere. -
Il seno, il collo, dietro appaiono i fianchi di Pandora.
L'altra tasca: un portasigarette d'argento, l'indirizzo di Rue vattelappesca, il sudore che gli passa dalla fronte al viso e che entra negli occhi.
- Ce l'ho ancora davanti, in terra che ride e si massaggia il culo. Indimenticabile. -
Il portasigarette scivola al suo posto, ma fa Tin urtando qualcosa di metallico conficcato dove la cucitura si stringe.
Due dita vanno dentro, mentre Pandora cincischia; Vanessa, ormai al piano terra, si volta e ride.
Uno scatto verso la scrivania.

- Willy, sembri stravolto: Gas ti ha fatto nero? -
Lui, seduto, rispose con due musi e spalancò le braccia, per il fiatone incapace a dire alcunché.
- Grane sentimentali, giovanotto? - rincarò Vanessa.
Ancora un muso, a significare Bah, insomma ...

- A presto, tesoro. -
- Ciao, Vanessa. -
- Nessun problema per la stroncatura del Coronata? -
- No, ci mancherebbe: solo mi dispiace di aver buttato via dei soldi, specie a pensare che bastava chiamarti per tempo. -

- Sì, Pandora. Sei amabilmente colpevole. - stavolta il bacio non si accontentò della guancia.
- Arrivederci, Vanessa. - Willy, stringendole la mano.
- Ciao, Willy. Pandora, ci sentiamo appena rientro in città. -

- Le hai prese? -
- Mi spieghi cosa c'è tra di voi? -
- Willy, ce l'hai le chiavi? -
- Facciamo presto, che Gas mi ammazza. -
- Hai preso quelle cazzo di chiavi? -
A piè veloce tra la folla - Come hai conosciuto Vanessa? -
- All'università, te l'ho detto! -
- E poi? -
- E poi cosa? Lei usciva con una mia compagna di corso. -
- Ha visto te e l'ha lasciata? -
- Più o meno. Lei faceva una vita da sogno: week-end in barca, mostre in giro per il mondo ... Ristoranti, alberghi, quadri; un periodo di pochi pensieri, molte speranze e orizzonti senza fine. -
- E adesso come sono, Pandora, i tuoi orizzonti? -
Lei rallentò e ci pensò su per un attimo - Sono cambiati, ma non come volevo io. -

Lui spense la vespa; lei, ancora silenziosa, si tolse il casco.
Lo cavò anche lui - Non so cosa tu abbia in mente e non ho il tempo per chiedertelo. Tieni. - alla vista delle chiavi le s'illuminò il volto - Io, però, non voglio entrarci: è chiaro? -
- Il primo mazzo era nella borsetta? -
- Nel soprabito. -
- Grazie. -
Lui la guardò salire al portone: per un bacio come quello appena ricevuto, e per averne ancora, Willy sarebbe entrato in ogni grana al mondo.

5

Gas stava davanti alla tv; dopo la sfuriata della sera prima, quando Willy aveva fatto capolino alle sette e mezza passate, la situazione andava normalizzandosi solo allora.
Il libro aperto nel cono di luce, sotto il naso ma lontano dalla mente. Il telefonino a portata di mano.
Ventiquattrore, no, ventisei ore e mezzo senza sentirla, sapendole in mano un passaporto per un mare di guai.
Pandora è dentro a una vita indecifrabile e nella testa ha una serie di fesserie tra pittori maledetti e brigantini fantasma.
Fogli girati a stento, la risata di Gas dall'altro vano, l'aroma di pollo che indugia ed esce.
In fondo, qui cos'altro c'è? Una pagina già dimenticata, Gas nella stanza accanto, l'odore che se ne va insieme a una sera come tante, comunque tracce invisibili a occhio nudo.
Ventisei ore e mezzo, quasi ventisette, un'altra una pagina girata inutilmente.

Il click di un messaggio, il nome di Pandora illumina il display. L'orologio marca dieci e ventisette - Vieni! -
Willy scattò in piedi - S'è cacciata nei guai! -
Gas, a zampe sul tavolino, russava beato; conveniva fare piano, per non dovergli spiegare qualcosa d'incomprensibile anche per sé.
Mise in moto il catorcio e si dileguò nella notte.
Dalla finestra alle sue spalle, sempre più piccola, la sagoma di Gas in piedi contrastava sui bagliori della televisione accesa nel buio.

-

Bastò inviarle il messaggio - Sono qui sotto. - perché il portone si aprisse.
Vasche, statue e piante: con un soffio l'ascensore apre la tagliola e Willy vi si specchia; un attimo di indecisione, poi pigia il tasto e la ghigliottina di luce si solleva nel buio.
Pandora era all'uscio - Grazie, Willy. - calamitate, le bocche si trovarono.
- Cos'è successo? -
- Vieni a vedere. -
Il lampadario scacciò le tenebre; l'ingresso, di solito involucro spettrale di lontane candele, mostrò le suppellettili, il pavimento a specchio e un placido quadro naif. Segnali di normalità ma, sulla parete di fondo, la tela del Coronata pretende attenzione: lei vi si fermò davanti - Guarda. -
- Ma sì, è bellissimo; e se anche non valesse tutti quei soldi, a noi cosa ce ne frega? Dammi un bacio. -
Lei lo tenne lontano un braccio - Guardalo, Willy, guardalo perché la risposta è davanti a te. -
Lui bofonchiò in dissenso, ma le obbedì.
Le alture sullo sfondo, poi divenute la Babele urbanistica di Circonvallazione, sono tutt'uno con la notte e le nuvole; a centro-tela brilla la striscia di case dell'angiporto, uguale ancora oggi, che sfuma a chiazze dove al tempo la città diradava nei campi.
La spuma sorregge la poppa, le vele si riempiono di burrasca e le fiamme frustano la tolda; ritratto a pennellate ruvide, a lato, lo scorcio di magre prore alla fonda con una più larga e staccata dalle altre.
Una prora più larga, staccata dalle altre.
- Ok, ma ... -
- Guardalo, lì c'è ciò che stiamo cercando. -
La coffa buca le foschie più basse e la bandiera si tende per mostrare il teschio; il vento ne arriccia le estremità ma distende la parte centrale, dunque il teschio dagli zigomi

allungati è il ritratto fedele dell'animale che fu e non un effetto ottico giocato tra la raffica e l'oscurità.
- Ma ... -
Le fiamme strisciano fra i fusti di tribordo. Una pennellata nera non è solo dello spazio tra le vampe: ha la parte superiore che si spettina, una sotto che allarga le spalle per poi stringersi in gambe ben piazzate sulla tolda.
- ... è lui. -
- Sì, quello è Teschio di cane. Simone da Coronata lo ha fotografato mentre riporta il Barnaba in fiamme a schiantarsi contro il barcone carico dei documenti di Palazzo Ducale. -
- Non è possibile. -
- È il settecentodiciassette, Simone sta su un'impalcatura a dipingere il fregio della Lanterna. Il punto di vista del quadro è precisamente quello di chi, appeso in murata a parecchi metri d'altezza, ha sotto di sé l'imboccatura di ponente. -
Non fu chiaro se fosse il quadro a mettersi a fuoco o se a farsi nitido fosse il loro sguardo.
- Pandora, ma ... sono passati novant'anni da che il brigantino era salpato. -
- Lo so. -
- E poi sembra essere notte: nessuno dipinge a quell'ora. -
- Già. -
- Un brigantino in fiamme che va a sbattere tra le imbarcazioni alla fonda lascia traccia in mille rapporti, il barcone sarà stato pattugliato ... -
- Sì, Willy; tutto logico, ma davanti a te hai le cose per come sono andate. Non sappiamo se c'era una pattuglia di guardia, se fu sterminata o se il barcone fu disancorato prima dell'urto. Non sappiamo se il Coronata abbia ritratto la notte, la sera o il tardo pomeriggio; né se quel giorno fosse il patrono della città, o Capodanno, e perciò nessuno s'è accorto del disastro. E non sappiamo se l'incendio a Palazzo

Ducale sessant'anni dopo non sia servito proprio a cancellare ogni traccia del disastro, ogni rapporto, ogni testimonianza. -
- Dare per buono il quadro vuol dire ammettere il sovrannaturale e tu, come se non bastasse, arrivi al paradosso di voler determinare come verità ciò che per sua natura è all'opposto. -
Dal buio comparve la governante - Ci siamo, signora. -
Lo sguardo di Willy tornò interrogativo su Pandora che lo prese per mano - Sì, hai ragione; ora andiamo a determinare come verità ciò che per sua natura è all'opposto. -

Due passi avanti, Germana fece strada; sulla rampa che scende al terzo, Willy riconsiderò di saper parlare - Dove andiamo, Pan? -
- Andiamo a fare quel che non si deve fare. Perdonami se ti ho coinvolto, ma ho bisogno di te. -

La governante bussò e ad aprire la porta fu una donna di mezz'età, alta e trascurata; immediatamente s'intese che, in osservanza a una ragione superiore, ogni formalità andasse bandita. Neppure sembrò assurdo che non fosse accesa una luce degna di questo nome, nonostante l'oscurità costringesse Willy e Pandora a procedere incerti lungo lo sviluppo dell'appartamento.
L'aria si riempì della lallazione da una voce adulta - Di qua. - in qualche modo arrivarono a un tinello illuminato solo da una lampada da tavolo. Sul divano in fondo c'era un uomo dai lineamenti confusi nell'oscurità.
- *Buonasera.* -
- ... 'sera. - rispose sottovoce Willy.
La nenia mutò in un suono a metà tra il fischio e il boato; erano i versi di un bambino drammatizzati da chi ha la cassa toracica di un bue.
- Vado a prenderlo, aspettate qui. -

Dopo i rumori felpati del passo, fu aperta una porta prima soltanto socchiusa e il suono agghiacciante prese volume. La voce della padrona di casa disse - Vieni, abbiamo ospiti. -
La nenia si affievolì e una sedia fu spostata; i passi divennero quattro, due più leggeri e due tanto pesanti da far tremare i cristalli di una credenza sepolta nel buio.
Dove le luci interne non arrivano, erano i lampioni da fuori le finestre a dare un poco di spazialità; in quelle condizioni d'illuminazione si poteva giusto immaginare che l'arredamento fosse sontuoso quanto infelice.
E fu nelle luci esterne che ricomparve la sagoma della donna seguita da un'altra tenuta per mano, un'ombra grande alla deformità quasi da non passare lo stipite.
- Vieni, Evangelo, siediti. -
Il gigante tirò per la maglia la madre, un richiamo bonario che le arrivò forte da scuoterla. L'inizio di una ninnananna spaventosa gli fu sconsigliato - Non possiamo cantare, Evangelo: questi signori hanno bisogno di te. -
La creatura deforme cercò tentoni la sedia e vi sedette una volta allontanata dal tavolo. Il riverbero della lampada ne rivelò i lineamenti di bimbo biondo con le iridi tanto chiare da sembrare bianche.
Germana sollevò uno scatolone e, aiutata dalla padrona di casa, riversò sul tavolo una valanga di soldatini e di giocattoli poco più grandi. Subito le due mani enormi vi si tuffarono, senza il costrutto del gioco ma solo per il piacere del contatto.
L'invitato seduto al buio girò la testa, facendo così intravvedere i capelli lunghi sul collo.
- Evangelo è pronto, signora. -
Pandora entrò nel chiarore riflesso, oasi nella tenebra. Le sue mani affusolate presero a cercare tra la moltitudine di forme disponibili; trovata una barchetta di plastica, da bagnetto del popone, la spinse nella destra di Evangelo.

- Prendila, Evangelo, questa nave è il San Barnaba dei Monti. Prendi il San Barnaba, Evangelo. -
La manona accolse il giocattolo, mentre la mano di Pandora tornava nel mucchio a cercare un soldatino tra i mille.
- È il brigantino San Barnaba, Evangelo; naviga in Spagna e sta finendo su una secca. Da allora sono passati tanti anni. - scelse una figura e la inserì nell'altra mano gigante - Prendi, Evangelo. - il sussurro conteneva un ordine - Questo è Teschio di cane. Prendi Teschio di cane, Evangelo. Lui è sulla barca, è il comandante. - la mano si dischiuse e il soldatino vi penetrò - Lo senti? Ora dimmi: cosa fa il comandante Teschio di cane? -
Nei volti bianchi gli occhi luccicavano come vetri neri: Willy, Germana, la padrona di casa, Pandora col volto d'appresso a quello del bambino enorme che lei incalzava, che esortava - Mettili vicino, Evangelo, metti il comandante vicino alla sua nave. -
Non tutto, però, filava per il verso voluto; le grandi mani rimanevano distanti l'una dall'altra.
- Evangelo: il San Barnaba sta navigando davanti alle coste spagnole. Chiedi al comandante cosa succede. Chiedi a Teschio di cane cosa succede, chiedigli lui chi è. -
Pandora alzò lo sguardo verso la raccolta platea, riprese fiato e coraggio - Metti il pirata vicino al suo brigantino. -
Ma lui non le ubbidiva - Per favore, mettili vicino. - le piccole mani incoraggiarono le grandi - Dimmi cosa fa Teschio di cane. -
Mentre la destra teneva la ridicola imbarcazione, la sinistra si aprì quel tanto da far ricadere il soldatino nel mucchio di forme.
Dopo un'esitazione, Pandora cercò un nuovo soggetto; prese un cow-boy, lo valutò un attimo per poi avvicinarlo alla mano posata sul tavolo - Prendilo, Evangelo; questo è il mozzo Bartolomeo Noci. È imbarcato sul Barnaba che sta

per finire in secca. Da allora sono passati quasi quattro secoli, Evangelo. -
Il pugno accolse il soldatino ma, ancora una volta, le cose trovarono un intoppo tant'è che la mano si aprì e la forma cadde sul tavolo.
Pandora raccolse un altro soldato - Prendi Bartolomeo, Evangelo, e dimmi cosa fa. Dimmi chi c'è con lui. -
Un gesto di stizza scosse la mano. Lei provò ancora ma ottenne un gesto più deciso, quasi pericoloso per chi è vicino a una massa enorme che non ha misura di sé.
Willy le sussurrò all'orecchio - Ma cosa fai? -
L'uomo sul divano cambiò l'accavallamento delle gambe.
- Qualcosa lo disturba, non so cosa. - ma Pandora s'interruppe perché Evangelo aveva posato anche la barchetta e, invece che distrarsi come pareva inevitabile, cominciò a cercare nel mucchio; se vista e udito erano compromessi, adesso il tatto mostrava perizia.
Evangelo cercava qualcosa, cercava qualcuno.
- Guarda. -
Prese un soldatino scuro, forse un ussaro, e lo alzò per valutarlo; poi lo depose accuratamente sopra un libro in disparte, sempre sul tavolo ma oggetto estraneo al gioco.
Intorno vi fu un giro di occhiate come se ognuno aspettasse dall'altro la chiave per interpretare la mossa, ma nessuno disse nulla. Dopo un minuto d'attesa, Willy le sussurrò - Pan, andiamo via. -
- Guarda. -
Dopo la pausa tra il disinteressato e il solenne, seguendo un cerimoniale incomprensibile, la mano sinistra cominciò una nuova ricerca. Le dita sfioravano solamente, ma nel gesto c'era la consapevolezza del complesso, di una funzione di livello superiore che strideva con le dimensioni delle mani e con l'assurdo parco delle possibilità accatastate.

Scelse una dama del settecento, probabilmente la principessa di una favola; in barba alla differenza di scala, che vuole la donna più alta del compagno, Evangelo la posò al fianco dell'ussaro sopra al libro.
Due immagini separate dalla folla che le ha partorite, discoste a guardare l'ammasso di guerrieri senza battaglie da combattere, di impiegati senza la fatica del lavoro, di giocolieri senza più un pubblico; di animali capovolti come fossero agonizzanti, di auto rovesciate, colori e forme svestite della gioia di vivere.
Due figure rivolte a guardare la calca sotto, forse orgogliose della propria tristezza e del piedistallo che di loro faceva un non seguito esempio di piena grazia.
- Un uomo e una donna, non capisco. - sussurrò Pandora, mentre Evangelo manifestava la sua soddisfazione emettendo dei raschi di gola.
- È meglio interrompere, signori. - disse la padrona di casa.
Allora fu Willy ad afferrare la barchetta per avvicinarla alla destra di Evangelo - Evangelo: prendi il Barnaba, tieni. - la mano accolse l'oggetto.
- Signori, è meglio interrompere. - ripeté la donna.
- Ancora un momento, la prego. - le disse lui, cercando tra le figure.
- Preferisco interrompere. -
Intanto Willy trovava la forma voluta - Prendi questo. -
La sinistra si dischiuse. La madre si avvicinò per chiudere la seduta.
- Mi dia ancora un minuto, signora. -
- Le ripeto che ... -
- *Un attimo, Teodolinda, pare che il giovanotto abbia un'idea.* -
La donna fece un passo indietro; Pandora guardò Willy, speranzosa.

E lui - Prendilo, Evangelo. Questo è Erasmo Farina detto Cornacchia. - le piccole mani premevano sulle grosse così che gli oggetti entrassero in contatto - Cornacchia è a bordo del Barnaba, Evangelo. - avvicinandosi, gli avambracci enormi travolsero le figure escluse dal gioco - Che cosa dice Cornacchia, Evangelo? -
Il resto era un silenzio di respiri trattenuti. Una luce da fuori, improvviso riflesso dal mondo esterno, trafisse la finestra e si spalmò sulla parete illuminando un quadro di demoni attorcigliati; un tonfo inspiegabile provenne da dietro la tramezza fra i vani.
- Lo hai trovato? -
Il barchino e il pupazzetto di cuoco panciuto entrarono in contatto - Siamo fermi, Evangelo, ci siamo insabbiati in acque spagnole. Cerca Cornacchia e dimmi cosa vedi. -
Gli occhi del bambino rotearono bianchi, un lamento appena percepibile si alzò quasi ridicolo nell'aria.
Gli sguardi erano fissi sulle grandi mani.
- Cosa vedi, Cornacchia? -
Un tremito nell'adipe scosse le righe della maglia; sugli oggetti le dita si mossero con la frequenza del diapason.
- Cosa vedi? -
- ... topi. - la voce roca sembrò giungere da un punto nel buio a centro stanza.
- Come dici, Cornacchia? -
Le parole si alternavano a silenzi di catacomba.
- Dimmi cosa vedi, Cornacchia. -
- ... vedo topi, tanti topi. -
- Cornacchia, dove sono i topi? - lo incalzò Willy, mentre la fronte gli si stava imperlando.
- ... in sentina. -
- Dov'è Teschio di cane, Cornacchia? -
Gli oggetti erano mossi in un'altalena alle ultime oscillazioni. Pandora portò il palmo sulla bocca aperta.

- Dov'è Teschio di cane, Cornacchia? -
- ... il teschio è caduto nell'acqua morta. -
- Dove? -
Dell'aria fresca pugnalò il tepore della stanza, una porta gemette aprendosi un palmo; l'uomo seduto in ombra passò la mano dalla stempiatura ai capelli sulla nuca, movimento a pettinare colto nello spigolo del braccio che sale.
- ... è caduto. -
- Nell'acqua morta? -
- ... ma Bartolomeo lo ha raccolto. -
- Bartolomeo. - Willy guardò Pandora; quel nome era la prova che cercavano e l'occhiata in risposta gli diede nuovo sprone - Cosa fa Bartolomeo, Cornacchia? -
Gli occhi quasi ciechi ora vedevano ciò che nessun occhio vorrebbe vedere.
- Cosa fa Bartolomeo, Cornacchia? -
- ... porta giù gli altri. -
- Li porta in sentina? -
- ... li porta giù, uno a uno. -
- Adesso dove sono i tuoi compagni? -
Gli occhi di Willy, chiusi a fessura, erano a un palmo dagli occhi bianchi e sbarrati di Evangelo.
- Adesso dove sono i tuoi compagni, Cornacchia? -
- ... sono sangue e topi, accanto a me. -
Germana si fece il segno della croce.
- Cosa dice Bartolomeo? -
- ... lui ringrazia i topi. -
- E poi? -
- ... ora Bartolomeo mi guarda. -
- Ti aiuta? -
Le iridi incolori si misero di lato e rivolte verso l'alto come farebbe chi da terra implora chi è in piedi - ... si è accorto che io sono ancora vivo. -
- E cosa fa? Ti aiuta? -

- ... Bartolomeo mi guarda. -
La mano si dischiuse e il soldatino cadde sul tavolo.

- Venite, vi accompagno. -
Prima di varcare la soglia, Willy si girò a guardare dentro l'oscurità che poco prima li conteneva; Evangelo, monumentale nella sua fragilità, muoveva il battello come se fosse per mare, mentre Germana spingeva i giocattoli a cadere nella scatola sistemata a terra.
La sagoma seduta in fondo era illuminata nel solo contorno, rivolta a guardarli andare via.

- Arrivederci. - la signora chiuse la porta.
Pandora e Willy si sedettero a metà rampa, contemporaneamente come fossero d'accordo. Dopo cinque minuti senza dir nulla accadde qualcosa di bizzarro: sottovoce, parlarono d'altro - Come vanno gli studi? -
- Bah, non c'è male. -
Di là dal passamano, la statua risplende circondata dalle piante; tra scale e ballatoi, solo il silenzio.
- Stasera abbiamo smerciato trenta bestie. -
- Polli? -
- Sì, Pandora, polli. - il marmo degli scalini, avvallato al centro, è di un pulito da ossessione - Che palazzo sontuoso. -
- Io non so neppure dove abiti tu. -
- Stiamo in un tugurio sopra il laboratorio; sai dov'è? -
- No, vi conosco solo per la pubblicità. -
- Da Gas, el pollo che ve piaas? -
- Pollo-sprint, cose così. -
- Eh, bella roba. - sorrise - Da quanto tempo sei sposata? -
- Da diciassette anni. -
Riflessione - Mica un giorno. -
- Già. -
- Quanti anni ha tuo figlio? -

- Idem. -
- Matrimonio col pancione? -
- Con pancetta. -
- Eh, eh. -
- Eh, eh. -

L'ascensore scese da basso, dove prelevò uno poi scaricato al secondo piano.
- Tu sei felice, Pandora? -
- Credo di no. -

- Cosa abbiamo visto, io e te, poco fa? -
- Pare che Evangelo abbia il dono di dare voce ai morti. -
- Solo ai morti? -
- Sì, soltanto ai morti. -
- Secondo me capta i fluidi emanati da chi gli è intorno, capta i pensieri. -
- Sappi che Evangelo non ha mai sviluppato la funzione del linguaggio. -
- Gran brutta risposta, la tua. -
- Eh, eh. -
- Eh, eh. -

Un suono di tamburo arrivò da fuori, ripetuto tre volte.
- Che malattia ha? -
- Una sindrome rara: pare che in tutto il mondo quelli come lui non siano più di cinquanta. Non durerà ancora molto. -
- Poveraccio. Quanti anni ha? -
- Più o meno venti. Quando è nato Gabriele lui c'era già ed era un bambino bellissimo. -
- Posso avere un bacio? -
- Sì. -

- Mi sa che Teschio di cane e Bartolomeo Noci siano una sola persona, Pandora -
- Già, e pare che abbia sterminato l'equipaggio. -
- Dimmi, Pan: cosa si prova ad avere un parente famoso? -
- Eh, eh, devi sempre dire delle fesserie. -

- Che ci farai con quelle chiavi? -
- Non lo so, ma lo farò sabato pomeriggio. In questa faccenda si mescolano storia e leggenda, arte, interessi e adesso anche l'occulto; elementi in antitesi ma che, disposti tessera dopo tessera, formano un puzzle d'incastri perfetti. -
- Sento odore di guai, Pandora. -
- Forse io sono una persona che ha bisogno di guai. -
- Pensavo di rappresentarne uno io, per te, e pure grosso. -
Lei sorrise - Guai, Willy, guai è plurale. -

- Germana non rientra a dormire? -
- A volte si ferma da Teodolinda. -
- Quel tipo seduto in fondo, al buio, è il padre di Evangelo? -
- No, è un amico di famiglia. Ce l'ho già trovato un paio di volte, sempre in disparte e in ombra. -
- Per quel poco che ho visto mi pare di conoscerlo e, ti dirò, anche la sua voce mi suonava familiare. -
- Ho avuto la stessa impressione. -
- A quante sedute avevi già partecipato? -
- Tre o quattro, ma mai così ben riuscite. -
- Hai visto che grinta, eh? Io, i morti, li faccio cantare! -
- Eh, eh, quanto sei scemo. -

- E ora cosa vuoi fare? -
- Andare da Vanessa a cercare il cofanetto del tesoro. -
- Quale tesoro? Tu pensi di essere in un filmaccio americano dove l'avventuriero alla ricerca del tesoro si trova a fianco la

studentessa fighetta; un'oca giuliva, in apparenza, ma che alla fine avrà l'intuizione giusta. -
- Qui la fighetta è uno studente maschio. -
- Possiamo parlare seriamente per cinque minuti? -
- So che Vanessa teneva della roba sotto chiave; non le ho mai chiesto cosa nascondesse né il perché, col suo lavoro ci sta, ma adesso mi domando: e se il segreto di Vanessa, oltre che il motivo della sua critica al Coronata, fosse proprio lo scrigno di cui ci ha parlato il Serafini? -
- Sì, sì, lo scrigno e Serafini ... Piuttosto: se si fosse accorta che dal cassetto manca il mazzo di chiavi? Se ha fatto per darlo alla donna delle pulizie e non trovandolo avesse avvertito il commissario? Se qualcuno ci vedesse mentre le entriamo in casa e ci prende per ladri? E se ... -
- Sbaglio o stai parlando al plurale? -
- Io? No. Cioè, sì. No: guarda che io non sento tutto il bisogno di guai che senti tu. -
- Grazie, Willy. - lo baciò.

- E poi cosa te ne fai del tesoro, tu che sei pure ricca? -
- Niente, Willy, non me ne faccio niente. -
- Beh, questo cambia tutto. -
- Eh, eh. -
- Eh, eh. -

Gas non era più sul divano; durante le abluzioni, Willy fece piano che più piano non si può.
Sdraiato al buio, quando sembrava che ci fosse solo da chiudere gli occhi e dormire, se possibile, gli arrivò una robusta dose di sarcasmo - Ben tornato al pollaio, studentesso da scuole serali. -

6

L'Apollo rientrava alla base. Da sotto, la voce di Gas - Tutto a posto? Hai mangiato? -
- Sì, Gas. -
Sabato: il cielo inscritto nella cornice della finestra, il vicino che attacca a carteggiare e la grassona greca che sintonizza sul programma preferito, frasi incomprensibili e risate preregistrate.
Al piano sotto, Gas che mangia e legge il giornale. Rumore di stoviglie, il rubinetto aperto per sciacquare il piatto e il bicchiere; dopodiché Gas spegnerà la luce del laboratorio, dirà Fate la nanna, coscine di pollo! e salendo la scala sparerà una cazzata.
E poi l'amore: a volte bello e a volte prevedibile, meccanico, ininfluente.
Tutto al solito, una teoria di ore uguali, ma ormai la realtà si è capovolta: è arrivata l'avventura, il proibito, arrivano i baci nuovi e una voce di cui non sai più fare a meno.
L'appuntamento è tra un'ora; la vita si rigenera, e quando lo fa sceglie sempre il momento giusto.
Sotto, Gas spense la luce - Fate la nanna, coscine di pollo! - e salì la scala. Una volta in camera, però, a Willy fu sufficiente chiudere gli occhi perché Gas gli si accomodasse al fianco. Una fortuna insperata, così da non dovergli dire che è un momento un po' confuso, che conviene fermare le bocce per riflettere sul futuro.
Le frasi che si dicono quando hai già deciso di andartene.

Il sabato pomeriggio il quartiere dormicchia, e per incrociare qualcuno c'è da arrivare fino al minimarket pakistano.

Willy si allontanava veloce in vespa, curva dopo curva fra le cose immobili che stentavano a significarsi compiutamente adesso che lui le vedeva con lo sguardo rivolto al futuro.
Ecco la discesa, i lavori eternamente in corso e la Piazza del Principe, puntuale a dirti che una città non dorme mai.
- Ciao. -
- Mi dai un bacio? -
- Prima il dovere e poi il piacere. -
- Lo dici come se fosse mio dovere rubare le chiavi a qualcuno, entrargli in casa e fregargli un bauletto. -
- Non sottilizziamo. -
- Ma quanto sei bella? -
- Andiamo, dai, romantico incerto. -

Mollato il catorcio, i due puntarono il negozio.
- Ho una paura fottuta. -
- Vedrai che sarà un gioco da ragazzi. -
- Sì, ma da ragazzi scemi. E conta che dobbiamo rientrare al massimo per le sei e mezzo, che al negozio c'erano già venti polli in partenza. -
- Non potevi dire a Gas che avresti tardato una mezz'ora? -
- Il piano prevede che tra un po' io gli lasci un messaggio in segreteria, che lui non dica che non lo avverto. -
- Sospetta qualcosa? -
- Mi guarda strano; di certo non immagina che io stia per commettere un reato, ma forse s'è accorto che c'è qualcun altro nella mia vita. -
- Geloso? -
- Credo di sì. -
Nei vicoli c'era il pienone del sabato pomeriggio, roba che nei carruggi maggiori pare d'essere sull'autobus a spingere per guadagnarsi l'uscita.

- Come agiremo? La piazzetta è riparata, ok, ma alzare la saracinesca ed entrare mi pare azzardato. -
- Infatti si passa dal retro. La chiave piccola è di un cancelletto nascosto: una volta dentro non ci vedrà nessuno. -
- Anche la porta del retro ha l'antifurto? -
- Certo. -
- La cosa mi dà un minimo di sollievo, ero convinto di passare dalla porta principale. -
- Mi hai preso per scema? -
- Perché, scusa, stiamo facendo una cosa furba? -
Il vicolo delle friggitorie, un'enclave di Cina e una di Romania: le Cinque Lampadi stanno oltre l'angolo delle bancarelle di fumetti usati - Che poi va a finire che Vanessa ha la cassaforte e noi ci attacchiamo al tram. -
- Un bauletto è troppo grosso per stare in cassaforte. -
- Grosso quanto? -
- Tipo una scatola da scarpe per bambini. -
- Vedrai che Vanessa ha una cassaforte enorme e quello c'è dentro papale papale. Se è davvero prezioso come dici sarà custodito da par suo. - così ipotizzando, ne dubitò.
- Vedremo. -
La piazzetta diede respiro alla calca - Guarda! - si bloccarono davanti alla bottega, illuminata e aperta.
Illuminata e aperta.
Willy scoppiò a ridere - Ah ah! Qui finisce l'avventura. Andiamo al bar, Pan, e chi s'è visto s'è visto. -
- Non è possibile! Vanessa aveva già il biglietto aereo! - Pandora, di tutt'altro umore.
- Berrei giustappunto un caffè. -
Pandora gli indicò un bar lì vicino, manifestando l'intenzione di tenere sotto controllo la zona.

- Uhm, squisito. -

- Non capisco: Vanessa doveva andare via per il week-end. - Pandora aveva smarrito il senso dell'umorismo e non faceva che guardare fuori, brontolare, innervosirsi.
- Ci è andata bene, stavamo per fare una cazzata. Restiamo qui a bere qualcosa e a farci le coccole. -
Pandora dispose il viso a dire qualcosa di poco carino, ma Willy proseguì - Ora che tu e Vanessa avete riallacciato i rapporti avrai altre occasioni per ficcanasare tra le sue cose, per vedere se ha il tesoro o se sono solo fesserie. -
- Guarda! - tra i riflessi della vetrina, Vanessa rispose al telefono sulla scrivania e, al contempo, guardò l'orologio al polso.
Pandora tornò a uno stato d'eccitazione - Idea! Ha il telefono vecchio modello; potresti chiamarla senza paura di lasciare traccia e chiederle un appuntamento per comprare delle stampe antiche. -
- Non capisco a cosa serva. -
- A sapere se deve partire o no. -
- Ma che ne so io di stampe antiche? Rimandiamo, Pandora, ormai sono quasi le cinque e ... -
Lei già aveva in mano il cellulare - Sei pronto? -
- No, non sono pronto. Cosa cacchio dovrei dire? -
- Di' due boiate su delle stampe inglesi, se lei ha qualcosa per un regalo che devi fare stasera. -
- Mi riconoscerà. -
- Fai il vocione uguale a quando dici orsone a Gas. -
Lui trasalì - Gas! Devo chiamare la segreteria! -
- Lo chiami dopo. -
Willy prese il cellulare - E invece lo chiamo adesso, tesoro cerca-tesori. Se Gas stacca la segreteria e risponde, è capace di farmi piantare tutto e di volermi a spennellare olio e rosmarino. Senza contare che, se tu fossi così indemoniata da non accorgertene, per chiamare Vanessa bisogna che lei abbia chiuso la telefonata che sta ancora facendo. -

- Beh, questo è vero. -
Il cameriere, vedendo Willy armeggiare col telefonino, lo avvicinò - Guarda che in questa zona non c'è campo. Se è una cosa urgente puoi chiamare col fisso del bar. -
- Volentieri. - lo seguì fra i tavoli - Eppure mercoledì eravamo dall'altra parte della piazzetta, a dieci metri da qui, e abbiamo ricevuto sul cellulare. -
- Si vede che tirava vento. - il cameriere tagliò corto.

- Qui risponde la Pollo-sprint: da Gas, el pollo che te piaas! Se avete una fame della madonna questo è il numero giusto! Lasciate l'ordinazione con nome, ora della consegna e indirizzo, illustri buongustai; e pure il numero di telefono, che nella vita non si sa mai. Tutto ciò dopo il beep, non questo ma il prossimo. Ciao. Beep. -
- Ciao, orsone. Sono alle Cinque Lampadi. Tu dormivi come un ghiro e mi dispiaceva svegliarti. Conto di arrivare per tempo, ma dovessi tardare non t'incazzare come una biscia. Capito? Ciao. -

- Fatto, Pan; sei ancora dell'idea di telefonare? -
- Forse non serve. -
Vanessa non era più al telefono e, sempre immagine riflessa, sembrava aver fretta. Dopo aver preso la borsetta e il soprabito uscì dalla bottega, che chiuse solo con la serratura, e a passo svelto prese verso San Luca.
- Andiamo! - decise Pandora, in men che non si dica già fuori nel passeggio.
Willy le arrancava dietro - Vanessa rientra tra poco, Pan, altrimenti avrebbe chiuso la serranda e messo l'antifurto. -
- Sbrigati. - imboccò il vicoletto a salire.
- Hai sentito? Vanessa potrebbe tornare e noi ce lo prendiamo in quel posto! -

Lei girò secco a sinistra e salì fino a un cancelletto messo a metà di un carruggio largo un metro - È questo. - inserì la chiave piccola, diede un rapido sguardo destra-sinistra e dopo un attimo era dentro.
- ... e sia! - rassegnato, Willy la seguì.

Trovarono un cortile coperto da un rampicante tanto fitto da non dover temere che da sopra li notassero: vasi a dozzine, un sambuco in fiore, due gatti arrotolati in una cavità e la scaletta che sale al portoncino, scala che Pan imboccò a colpo sicuro.
Salendo, Willy si trovò davanti al sedere di Pandora e lo omaggiò di una palpeggiata. Lei si volse di scatto, ma finalmente ritrovò il sorriso - Ti sembra il momento? -
- Un raptus di eterosessualità. -
- La paura ti fa questo scherzo? -
- Pare di sì. -
Dopo aver controllato che la luce dell'antifurto fosse verde, Pandora infilò la chiave nella toppa - Un due tre: click! - la porta si spalancò su un vano poco illuminato.
- Due insospettabili colti con le mani nel sacco: maggiori particolari in cronaca. -
Sfacciatamente, lei accese il primo interruttore a disposizione.
- Lei ricca, lui un pezzente: il terrore degli antiquari ha finalmente nomi e cognomi. -
Si trovavano in un ripostiglio colorato di arancio, con stampe alle pareti e oggetti nelle nicchie.
- Pandora Noci, la mente criminale, non ha cantato; Guglielmo Pasinelli, invece, s'è cagato sotto. -
- La finisci con la rassegna-stampa? Vieni, è di qua. -
Lui la seguiva come un'ombra fiacca - Se funzionassero i cellulari potrei star giù a fare il palo. Così siamo indifesi, Pandora. -

Due gradini a salire e si apre un vano - Meglio non accendere la luce: dovesse rientrare, Vanessa si accorgerebbe che c'è qualcosa di strano e potremmo non avere il tempo per squagliarcela. -
- Finalmente ascolto qualcosa di improntato alla prudenza. -
Sotto i piedi trovarono i cigolii del soppalco di legno. Da un lato partiva la scala che scende in bottega e, grazie alle luci dal piano sotto, lì ci si vedeva un po' di più - Cominciamo dallo studio. - lei.
Ampio come possono essere solo i vani dei tempi che furono, lo studio vantava una lampada d'atmosfera, diavoleria moderna totalmente inutile se devi cercare una cosa.
- Accendiamo? - chiese Willy vicino all'interruttore.
- No, le finestre danno su Cinque Lampadi. -
- Come pretendi di trovare un bauletto, con quel poco che ci si vede? -
Un click e lei si fece portatrice di luce - Ho con me una torcia. - nel fascio comparvero oggetti e ombre - Considerato il valore del pezzo e la sua natura particolare, è probabile che sia qui nello studio oppure in camera da letto. -
- Posti che tu conosci bene, soprattutto il secondo. -
- Che spiritoso. -
- Guarda: un bauletto! - nel raggio comparve il muso di un cavallo di legno e sotto uno scrigno.
- No, Willy, è troppo recente. Vediamo piuttosto che il nostro non ci stia dentro. -
Dentro c'erano dei fogli e qualche moneta; richiuso lo scrigno la ricerca proseguì - Chi sono questi due? -
- Quello con la cetra è Orfeo, l'altra è Euridice. -
- Bello. - inciampò nel tappeto afgano - Minchia. -
- Vuoi stare attento? - il grande specchio ne moltiplicò la figura e il raggio indagatore - Vediamo dentro l'armadio. -
- Questa cos'è? -

- La riproduzione della Vittoria di … Willy: ti dispiace se la lezione di storia dell'arte la rimandiamo a dopo? - aprì l'armadio - Sento che non è lontano. -
- Il tuo palazzo è sede di una confraternita di sensitivi? -
- Speravo che la paura ti facesse tacere. -
- No, mi fa dire delle cazzate e mi eccita. -
- Eccitazione etero? -
Lui le era dietro - Mostruosamente etero. -
Lei rise - La smetti? -
- Pretendo un bacio! Non dire no, altrimenti pianto su un casino e accendo il lampadario. - inciampò nuovamente nella piega del tappeto che lui stesso aveva formato; il bacio lo colse di sorpresa - Cosa mi hai fatto, Pandora? Io ero diverso da così. Da quando ti ho visto … - lei lo baciò ancora - Per colpa tua io non so più chi sono, né so chi sarò. -
- Schhh. - gli appoggiò il dito sulle labbra - Questo discorso lo facciamo un'altra volta. -
Dal piano di sotto arrivarono i rumori più temuti al mondo: il tin del campanello, un urto involontario e il secondo tin della porta che si richiude.
Occhi spalancati e ghiaccio nelle vene, i due si cercarono la mano per incamminarsi verso l'uscita. Un cigolio salì da vicinissimo: l'anta poco prima sfiorata da Pandora si andava aprendo su di una serie di oggetti.
- Lo sapevo, è tornata. -
- Presto! Vieni. -
Con passi felpati si avvicinarono alla porta; Willy non seppe fare a meno di inciampare ancora - Merda! - e inciampò anche Pandora che camminava voltata indietro perché, prima di spegnere la torcia, l'ultimo raggio si era infilato nell'anta aperta e aveva inquadrato un bauletto.

Willy le segnalò che il soppalco avrebbe scricchiolato sotto i loro passi, mentre da sotto arrivavano i rumori di Vanessa che si muoveva fra gli ambienti del negozio.
Lui mosse le dita a omino a intendere che conveniva procedere sul perimetro ma bastò un passo, per quanto prudente, perché dal legno salisse un lamento - Che si fa? -
- Non lo so. Non lo so. Non lo so. Non lo so. -
Rumori in avvicinamento: Vanessa era all'imbocco della scala. Di là del tavolato partiva il corridoio color arancio, irraggiungibile pur se a tre metri, che li avrebbe messi al sicuro. Ancora uno scambio di sguardi nel panico crescente, perché risuonò il passo di Vanessa che saliva il primo gradino poi il secondo e il terzo.
Willy cercò in tasca uno spicciolo e, memore di una scena da western di serie B, lo scagliò verso il basso. Miracolosamente il proietto superò la balaustra e raggiunse la vetrina - Teengh ... -
- Cosa succede? - ancora passi, stavolta a scendere.
Pandora, che vedendolo scagliare la moneta si era passata davanti alla fronte la mano messa di taglio, a dire - Sei scemo? - cambiò il gesto in un ok.
Però il legno cigolava allegro e non c'è nessuno che sente il rumore quanto chi teme di generarlo; a meno di fare come i bambini che, agendo sui propri timpani, s'illudono di ridurre il rumore pure ai timpani altrui.
Un passetto dopo l'altro, sulle punte e seguendo il perimetro, percorsero qualche spanna. Intanto, brontolando tra sé, Vanessa cercava la fonte di quello strambo rumore.
- Me la faccio addosso. - lei mosse il piede semplicemente come se dovesse andare di là e il legno tacque - Vai a cagare tu e il perimetro. -
Provò lui e salì una scoreggia lignea. Si guardarono atterriti. Lei di nuovo mosse il piede e stavolta ne scaturì il suono che fa un castoro schiacciato da un carretto.

- Vacci tu. -
Statue posate da un sovrintendente disordinato, sentirono Vanessa riportarsi verso la scala. Ridussero l'ampiezza dei passi già millimetrici e sembrò possibile vivere i restanti due metri verso la salvezza come se fossero l'immensità.
Un passo deciso e il primo gradino suonò sordo; poi il secondo, il terzo e via così.
Le due opere d'arte intitolate a fissità e terrore, inchiodate a centro-stanza, avevano esaurito le risorse: quello sparato prima era l'unico spicciolo nelle tasche di Willy.
L'interruttore di metà scala aggiunse luce alla plastica composizione: il ciuffo color platino di Vanessa comparve lì ai loro piedi, marmoreo come il respiro trattenuto.

- Driiiin! - il telefono da sotto.
Vanessa trasalì, non immaginando quanto trasalissero a un metro da lei - Chi sarà? - il ciuffo bianco tornò verso il basso.
- Ora! - approfittando del pesante passo a scendere, i due fecero cantare il legno e raggiunsero l'altro versante.
- Dai, dai, Pandora: portiamo via i coglioni. Dai, dai. -
Lei, raggiunta la zona sicura, rallentò e tese l'orecchio.
- Pronto? -
Willy tornò indietro due passi e la guardò interrogativo; gli arrivò il gesto di ascoltare.
- La tua voce è inconfondibile. -
Lui prima chiuse una mano a pigna e la mosse su e giù; poi la fece basculare, col significato di voler alzare i tacchi alla veloce.
- Ci sono delle novità, lo so. - una pausa - Eh sì, avrei dovuto farlo a suo tempo. Lasciami tre quarti d'ora per una doccia, prendo un taxi e arrivo. A dopo. -
Nel sentire Vanessa abbassare la cornetta, e dopo aver spento la luce, i due sgattaiolarono fuori.

-

- Hai sentito? Tre quarti d'ora e possiamo tornare su. -
- Sì, ma saranno le sette e Gas avrà il sangue agli occhi. -
- Ci bastano pochi minuti, ora sappiamo dov'è. -
- Potrebbe non essere lui. -
- Potrebbe esserlo. -
- Se non lo fosse? -
- Se non lo fosse chiudiamo tutto e ce ne andiamo a casa. -
- ... ho ancora le gambe molli. -
- Grande idea, lanciare la moneta. -
- Era da due euro. - volle precisare, tirchio e mogio.
Rientrarono nel flusso del passeggio fino a che, fermi insieme e d'un tratto, si piegarono a ridere come gli scemi.

- Vanessa chiude gli scuri. -
- Così si può accendere la luce. Sarà un gioco da ragazzi. -
- Lo hai detto anche un'ora fa, appena prima di farmi vivere l'esperienza più allucinante che mi sia capitata in vita mia. - poi, al barista in transito - Mi porta un altro caffè? -
- Stiamo chiudendo. -
- Meglio levarsi da qui, Willy: passa sempre meno gente e Vanessa potrebbe vederci. -
- Paghi tu? -

- Eccola là. -
- Fatti più indietro, matta! -
- Bella donna, eh? -
- Lo chiedi alla persona sbagliata. -
Il cellulare di Pandora ebbe un attacco d'epilessia; un momentaneo briciolo di campo gli aveva fatto grandinare addosso tre tentativi di chiamata - A casa mi cercano. -
- Non me ne parlare, sono già le sette e dieci. -
Le vetrine cambiarono luce, che da forte e diffusa si fece a chiazze. Le serrande a maglia larga cominciarono a scendere.
- Bell'effetto: la tua amica ha buongusto in tutto. -

- Cosa potevamo raccontarle, ci avesse beccato sul soppalco come due rotoli di coppa appesi a stagionare? -
- L'unico assurdo credibile sarebbe stato dirle la verità. -
- Pensiero profondo, Willy: complimenti. -
Elegante in nero, Vanessa prese in direzione della cattedrale, dei taxi e del resto del mondo - Se Dio vuole è andata. -
- Sono le sette e venti, stavolta Gas mi uccide. -
- Poco male. L'importante è il risultato. -
- Che belle parole. -
- Conto fino a dieci e poi si va.
- Conta questi. - il passeggio era ormai limitato a rari passanti frettolosi e loro, dopo i dieci baci, imboccarono il vicoletto.

Erano davanti al cancello quando, a fondo vicolo, comparve un ragazzo dal vestito stravagante.
- Guarda, c'è gente. - bisbigliò Willy.
- Meglio che quello non ci veda entrare. Andiamogli incontro come se niente fosse. -
Costretti a passargli vicino, ne valutarono l'abbigliamento: jeans attillati, giacca con code posteriori, camicia con collo e polsini settecenteschi - Ciao. - Willy lo salutò, ma il ragazzo non gli rispose.
- Presto: troviamo un vicolo a scendere e riproviamo dopo. -
- Ci viene ancor più tardi, minchia. -
- Hai visto quello stronzo cosa aveva accanto ai piedi? -
- Non mi ha neppure salutato ... no, cosa aveva? -
- Un tamburo. -
- E cosa ci fa col tamburo? Ah, sì: mi sono sempre chiesto perché ogni tanto si sente suonare un tamb ... -
- Se ha il tamburo vuol dire che è della banda. -
- Suona nella Banda? E con questo? -
Due colpi suonarono da poco lontano - Scendiamo di qua. - Pandora prese un carruggio lungo e strettissimo.
- E se ci perdiamo? Che cazzo vuole quel ragazzetto? -

Lei ruppe il passo veloce per cominciare una corsa pur se ostacolata dai tacchi - Di qua. - altro vicolo nero, stavolta a destra. Un colpo particolare, a metà tra pelle e cerchio, diede il senso di un codice preciso.
- Perché hai paura di quel fesso? Vuoi che lo mandi via? -
- Ora giù a destra verso le Cinque Lampadi. -
Prima di sbucare non si sa dove, dal fondo del vicolo comparvero altri due tipi dal vestito buffo, sorridenti. Lei si volse a correre in salita - Presto, Willy. - ma proprio da là spuntarono il tamburino più un altro cicisbeo, grande e grosso e con un pugnale in mano.
Pandora fece per procedere a ritroso, ma la trappola s'era già chiusa - Buonasera, signori: vogliate seguirci, prego. -
Willy provò a forzare il blocco, ma il tipo grande e grosso gli torse il braccio mentre con l'altra mano gli appoggiava il coltello sul pomo d'Adamo.
Il coltello maneggiato dal damerino in velluto s'infilò sotto un seno di Pandora come a volerlo reggere - Conto sia di vostra utilità seguire il mio consiglio, o viandanti smarriti. -

- Dove conduciamo i prigionieri, signor Sebastian? -
- Al cospetto del Principe, caro Ottavio, com'è giusto che sia: vogliate a tal proposito far sì che il tamburino Filippo II comunichi di questo felice ritrovamento, vi esorto. -
Il tipo vestito da baronetto fece un cenno al musico, che subito suonò quattro colpi seguiti da un breve rullo.
- Signor Sebastian: ora siamo attesi, e con sicuro interesse, al Campo delle Meraviglie. -
- Non facciamo che ci attendano oltre misura, Ottavio: i detenuti paiono poco inclini all'azione, oserei dire svogliati. -
Willy e Pandora, incredulo lui e spaventata lei, camminavano controvoglia e i due guardiani dovevano spingerli perché tenessero un passo costante.
- Volete siano le lame a sveltirne l'azione, signor Sebastian? -

- A vostra discrezione, Ottavio, però raccomando alla proverbiale grazia riconosciutavi di non nuocere loro in modo irreparabile. -
- Non temete, signore, saprò essere lieve come desiderate. -
Nonostante la promessa, Willy si lamentò - Stai attento con quel coltello! Mi buchi la schiena! Dove cazzo ci portate? -
Il capo fermò il gruppo e si rivolse a Willy, guardandolo dritto negli occhi - Conviene ch'io spenda due parole a vostro beneficio, stimato prigioniero, poiché credo sia opportuno sconsigliarvi un atteggiamento villano; e sappiate che un linguaggio inappropriato, già spiacevole durante lo spostamento, dovrà necessariamente essere accantonato una volta in presenza di Sua Altezza il Principe. Io detesto l'idea di dovermi giustificare in vostra vece. -
Dallo sguardo nel volto incipriato scaturì la scintilla del sadismo.

- Chi sono questi esaltati, Pandora? -
- Sono i teppisti padroni del ghetto. Più iella di così ... -
Vicolo dopo vicolo il gruppo si addentrava nella città vecchia, largamente risanata ma allucinante per silenzio e assenza di passeggio.
Sul punto di salire uno scalone in pietra si accorsero di una luce da una bottega semichiusa - Ohibò! Avete visto, signor Sebastian? Pare che il tipografo non rispetti il coprifuoco. -
- Che ciò rappresenti una forma d'indifferenza verso i desideri del nostro Principe? Ottavio, vi prego: andate a chiederne conto allo scortese bottegaio. -
Il cicisbeo si avvicinò al negozio e con un calcio spalancò la porta. Rimase dentro solo un minuto dopodiché tornò a riferire - Il tipografo accusò un malore e per ovviare a ciò ha convocato il cerusico. -
- Siete in qualche modo intervenuto? -
- Mi limitai a ferirlo all'orecchio, signor Sebastian. -

- Recidendolo? -
- Non completamente, signore. -
- Siete stato magnanimo, Ottavio, forse troppo. La vostra mansione doveva spingervi a essere più incisivo ma, ciononondimeno, apprezzo chi sa essere caritatevole verso chi si mostra in difficoltà. -
- Voi sapete che io sono un generoso, signor Sebastian. Spero di non avervi deluso. -
- Non vi condanno, Ottavio. Sarà mia premura riferire a Nostra Grazia del poco tempo concessovi. -
- Bontà vostra, signore. - Ottavio abbozzò un inchino.

- Udite! - una serie di colpi di tamburo echeggiò nella sera.
- Una pattuglia di guardie repubblicane muove verso di noi, signor Sebastian. -
- Domandiamo ai Falconieri quale direzione prendere, Ottavio. -
Il tamburino rullò alla bisogna e presto risuonò la risposta.
- Magnifico, possiamo proseguire. - svoltarono a destra.

- Siamo nei guai, Willy, nei guai grossi. -
- È una candid camera o siamo impazziti definitivamente? -
- Signor Sebastian: i prigionieri conversano. -
- A quale proposito, lord Benzina? -
- Credo che parlano di noi, signore. -
Sebastian si fermò, trattenendo l'ira - Avete detto *credo che parlano di noi* lord Benzina? - sibilò.
Benzina non seppe correggersi e rispose intimorito - Io non ... al momento non ricordo, signor Sebastian. -
Il manipolo riprese la marcia.

Dopo aver salito, disceso e voltato, il gruppo s'infilò in un cortile illuminato; a lato dell'ingresso c'erano dei trogoli di marmo con l'acqua a scendere rumorosa e, di là dalla siepe di

gelsomino, tre individui sostavano tra i nespoli e i limoni. Uno di loro, stravaccato in poltrona, sorrise nel vederli entrare.
- Eccoci, Altezza. - fecero un inchino teatrale, tutti tranne Pandora e Willy.
- Siete i benvenuti, signor Sebastian e nobili amici. -
- Rechiamo persone catturate in vostro nome, Maestà. -
Il ragazzo si alzò; indossava uno spolverino e una camicia a svolazzi sui pantaloni attillati. Anche lui truccato con cipria e ombretto, accarezzò il viso di Pandora - Dove li avete sorpresi, signor Sebastian? -
- Presso le Cinque Lampadi, Altezza. -
- Quasi in zona-franca, dunque. Abitate in quei paraggi, damigella? -
- No. -
Quello strabuzzò gli occhi, incredulo - Avete udito, signor Sebastian? Vi è forse parsa risposta ammissibile? -
- No, mio Principe. -
Il capo dei fanatici cominciò a misurare i passi - E a voi, diletto Ottavio, è sembrata una risposta accettabile? - a testa china e poi rivolta in alto, quasi divagando.
- No, mio signore. -
- A voi, Lord Benzina? -
- No, signor Principe. - lo sguardo di Sebastian fulminò il Benzina, che si corresse - Ehm, volevo dire mio Principe, senza il signor. No, no: risposta irriguardosa! -
- E per voi, possente signor Tenaglia? - chiese al ragazzone, che la luce della corte svelò essere un adolescente.
- Irrispettosa, mio Principe. -
- Voi che ne dite, prezioso Filippo II? -
- Risposta irritante, mio signore. -
- E voi vicino al trono cosa ne pensate? -
- Risposta sbagliata, Altezza! - Oltraggiosa, Sire! -

Girando mani dietro la schiena, prese una pausa che nessuno osò disturbare - Se sbaglio correggetemi, prode Sebastian. -
- Voi non sbaglierete, mio signore. -
- Siete molto gentile, come vi è d'abitudine; eppure, nel caso non foste d'accordo con me, vi prego di darmene segno. -
- Lo farò, mio sovrano. -
- Ci conto. - si schiarì la voce - Ebbene, saggio Sebastian: questa donna pare degna di accogliere la verga regale e in ordine di grado la verga di voi tutti. Dico bene? -
Fremente di rabbia, Willy scattò verso il Principe. Tenaglia gli attanagliò il collo, appunto, riportandolo fermo.
- Dite bene, signore. -
- Sarebbe delittuoso se io, per punirla di una risposta di cotanta superficialità, vi ordinassi di deturparla irrimediabilmente; e peggio ancora se ciò fosse prima che noi se ne faccia degno uso, non trovate? -
- Sì, altezza; tuttavia il tono con cui ella si è rivolta alla signoria vostra non le può essere perdonato. -
- Bah, signor Sebastian; - parve farsene una ragione - voi e l'amico Lafayette troverete il modo per punirne l'ardire. Nel frattempo, mio insostituibile, vogliate instradare gli ospiti all'atteggiamento da adottare nei riguardi della nostra Maestà, quand'anche nei confronti di voi tutti. -
- Sarà mia premura, Principe: costoro saranno introdotti ai modi cortigiani come vostra Maestà desidera e merita. -
- Bene, bene; procedete, dunque. -
Sebastian prese da parte Willy e Pandora - Sono a chiedervi la massima attenzione, signori: nel rivolgervi al nostro sovrano, dopo aver domandato facoltà di parola, senza dispensa alcuna dovrete utilizzare appellativi consoni. Se per me e per gli altri sono bastanti il voi e il signor, per sua Maestà dovrete necessariamente impiegare Principe, suo titolo naturale, oppure Sire, Vostra Grazia o Altezza. Nei confronti di Lafayette, invece, sarà sufficiente il nome, senza

ulteriore appellativo; nel caso vogliate rendergli particolare omaggio va bene Altezza o Signoria Vostra. Giammai Sire o Maestà, è evidente! Bene: ora che siete avvertiti, sarà impossibile evitarvi la storpiatura o la morte nel caso trasgrediste. E solo per voi, damigella, è fondamentale che nel prendere piacere mai abbiate a risparmiarvi, né mostrar diniego o cercar la fuga: ne andrebbe della vostra vita e della vita del vostro compagno. -
- Ascolta, amico: noi abbiamo i cellulari, dei soldi, gli orologi, qualche anello e una collana. Prendetevi tutto e lasciateci andare. - Willy propose a Sebastian - Non so chi siate e neppure m'interessa saperlo. Io e la signora abbiamo da fare e ci sono delle persone che sanno dove siamo: lasciateci andare e non vi denunceremo, parola d'onore. -
- Cosa ci racconta il nostro nuovo amico, caro Sebastian? - il Principe si era avvicinato.
Sebastian sembrò concedere loro un'ultima possibilità - Nulla di importante, vostra Grazia. L'ospite faceva ripetizione di comportamento: volete testarne la preparazione? -
- Volentieri: qual è il vostro nome, messere? -
- Willy. - il Principe alzò un sopracciglio - ... vostra Grazia. -
- Bene, bene. E voi, pulzella? -
- Pandora, mio signore. -
- Bene. Ma insomma! - gridò, cambiando repentinamente d'umore - Qualcuno mi dica che fine ha fatto Lafayette! -
- Volete che lo convochi, Sire? - chiese Ottavio.
- Certo che sì! Lo sapevo a nord, ma da mezz'ora non arrivano sue notizie. Provvedete, signor Ottavio! -
Il tamburo echeggiò nella sera.

- Trovate piacevole il mio giardino, signora? -
- Molto bello e curato, Altezza. -
- E voi, amico, apprezzate i profumi che ne spandono? -
- Li apprezzo, vostra Grazia. -

- Bene, bene ... - il suono della risposta lo spinse a cambiare argomento - Cosa odo mai, signor Sebastian? -
- I custodi Falconieri affermano che l'apprezzato Horace è prossimo a raggiungerci. -
- Era questi insieme a Lafayette o devo giudicarla una risposta poco attinente la domanda? -
- Egli viaggiava con il Nostro, Sire. -
- La notizia mi riempie di gioia. -
I lampioni soffondono la luce tra le piante e l'incubo si colora di toni gradevoli.

All'ingresso si propose un altro ragazzino incipriato.
- Venite, signor Horace: recate nuove? -
Horace si produsse in un inchino - Sì, mio Signore. -
- Ebbene, riferite. -
Horace sollevò lo zainetto che aveva in mano - Mi sono poc'anzi imbattuto in una giovane cittadina che, in totale inosservanza delle regole di vostra Maestà, cercava di raggiungere la propria abitazione. -
- A quest'ora? Perbacco: ciò è inammissibile! -
Intervenne Sebastian - Sera affollata, questa nostra, Sire: oltre ai soggetti qui presenti, noi abbiamo visto la bottega del tipografo aperta oltre l'orario consentito. Ottavio ha provveduto a ferire l'inadempiente, ma la fretta di giungere a Voi ci impedì di essere repressivi quanto dovuto. -
- Non vi serberò rancore, miei fidati, trovo il ferimento azione consona. Dunque, Horace: proseguite, vi prego. -
- Scendendo io lungo le pendici del giardino di materia plastica, m'imbatto per l'appunto nella bambina che cercava riparo presso il Portico degli Angeli. -
- Ha forse la giovane addotto giustificazione convincente? -
- Non ne ebbe la forza, Sire. -
- Sapete a quale famiglia ella appartiene? -

- No, vostra Grazia; l'infante non riusciva a profferir verbo alcuno. Ritengo ch'ella risieda nello stabile fatiscente che lo stesso porticato orna, ma si tratta di una supposizione. -
- A quale punizione l'avete assoggettata? -
- Per non tardare troppo, Sire, ho ritenuto buon compromesso dispensarle due cinghiate, nonché obbligarla a inginocchiarsi per darmi piacere. -
- Male! Siete stato eccessivamente comprensivo, signor Horace! L'infante potrà dunque ritenere che contravvenire al coprifuoco è un peccato veniale? -
- Duole non ottenere la vostra approvazione, mio Principe, ma se ho mancato è solamente perché Lafayette mi sollecitò a riferirvi in merito al suo ritardo. -
- Ciò vi scagiona pienamente, signor Horace; in questo caso trovo congrua la punizione inflitta. E ditemi: quale ragione ha il suddetto ritardo? -
- All'ora stabilita Lafayette, il signor Dupreé e il sottoscritto c'incontravamo nelle vicinanze del Campo. Lafayette ci segnala dei moti in un appartamento nei paraggi. -
- Un tentativo d'infiltrazione da parte dei repubblicani? -
- Precisamente, mio signore. E proprio in quel mentre alcune diavolerie elettroniche vengono introdotte nello stabile. -
- Uhmm; proseguite il racconto. -
- Lafayette ne annota le coordinate, così che a suo tempo sia più facile provvedere al sabotaggio delle medesime. -
- Ben fatto. -
- A quel punto, qui viene il bello, oltre il Fosso c'imbattiamo nella lavandaia al Ponticello e del di lei figliolo. -
- Ancora persone a zonzo? Non è incredibile, signor Sebastian? - l'altro annuì pensoso - Lavandaia, avete detto? -
- Sì, vostra Grazia. -
- Se la memoria non mi fa difetto, la lavandaia al Ponticello fu una delle figure che più osteggiarono la Restaurazione. -
- Esattamente, Sire. -

- E se non vado errato Lafayette dichiarò che avrebbe regolato personalmente quel conto in sospeso. -
- È la verità, Principe. -
Sul volto gli comparve un sorrisetto - E non è certo il Nostro un uomo che non si cura di mantenere un impegno. -
- No senz'altro, Altezza. -
- Dunque i soggetti astiosi e finalmente stanati hanno patito un'umiliazione proporzionata all'ostilità mostrata? -
- Penso di sì, Principe. -
- E ditemi: quale idea ha concepito il Nostro? Di quale oltraggio si è trattato? -
- Considerato il legame di parentela corrente tra i due, mio signore, sono sicuro che Lafayette abbia impartito loro una mortificazione tra le più tremende. -
- Ah ah ah! Quali immense risorse vanta il nostro luogotenente: non trovate, signor Sebastian? -
- Si direbbe un'autentica punizione d'autore, se mi è consentito l'umorismo. -
- Ah ah! Ben detto! -
- Quand'egli mi suggerì di anticiparlo all'adunata, Sire, lo spettacolo stava terminando: ne ritengo imminente l'arrivo. -
- Non vedo l'ora. Dite: quando eravate insieme vi giunse notizia della cattura operata dal signor Sebastian? -
- Naturalmente, Sire. -
- Quali reazioni suscitò in Lafayette la suddetta operazione? -
- Entusiastiche, Sire. -

Pandora e Willy rimasero vicino ai trogoli, controllati dai teppisti meno rappresentativi; intanto, vicino al trono, si discuteva di sistemi maggiori - Come interpretare questa serata di trasgressione collettiva, signor Sebastian? -
- Direi sia casuale, Sire; tipografo, ragazzina, lavandaia e ostaggi sembrano rappresentare una serie di casualità. -
- Non temete sia percepito un nostro infiacchimento? -

- Non lo credo, mio Principe. -
- Me ne rallegro, signor Sebastian. E ditemi: sul fronte delle scimmie siete dello stesso avviso? -
- Ahimè, no: le scimmie sono ben altra realtà. Scorrendo i bollettini repubblicani appare evidente che le scimmie rappresentino un problema numericamente soverchiante. Grazie alla vostra Maestà noi abbiamo verificato un piccolo miracolo, ma altri quartieri paiono sotto scacco: le scimmie sono una cancrena. -
- Eppure sembrerebbero in calo ... -
- Solo da queste parti, signoria; il nostro intervento ha risanato il ghetto ma, non potendo decimarle, abbiamo ottenuto il mero spostamento del problema. E non passa giorno che in città non ne giungano altre ancora. -
- Purtroppo non si può eliminarle in massa; la committenza paventa l'intervento delle forze armate repubblicane e noi, di conseguenza, abbiamo la necessità di adottare cautela. -
- Perciò affermo che non otterremo altro che non sia il contingente volere della committenza, Sire. -
- Temete che la nostra presenza sia effimera? -
- A risultato conseguito, la Restaurazione sarà fermata dagli stessi che l'hanno favorita, Altezza. -
- Di quanto tempo disponiamo per attrezzare una contromisura a nostra tutela, signor Sebastian? -
- Tanto più breve quanto meglio opereremo, Sire. -
- Sorte grama. Quale opinione avete a riguardo, Ottavio? -
- Non saprei aggiungere una sola parola all'arguta esposizione del mio superiore in grado, o Principe. -
- Uhm, dobbiamo agire per tempo. -
- Avete un piano, Sire? -
- No, signor Sebastian, non ho alcun piano e in cuor mio mi chiedo: noi chi siamo? Siamo alba o tramonto? -
- Noi siamo notte. -

La brezza dal mare apre una breccia salmastra fra gli aromi del giardino.

- Horace, per Dio: levatemi dalla vista lo strambo contenitore nomato zainetto! -
- All'istante, Altezza: posso buttarlo in cantina? -
- Vi è concesso. Mi sto innervosendo, ecco! Fremo per onorare la nostra ospite e Lafayette ancora non si vede! -
- Volete favorire della musica, mio sovrano? -
Il Principe era sempre più irrequieto, minaccioso; ma quando risuonò il timbro di sonagli cadenzato dal passo, lui rivolse verso l'ingresso uno sguardo pieno di tenerezza - Oh, è lui. -
Il tintinnio sembrò allontanarsi, ma solo perché l'ingresso è più in giù. Dopodiché Filippo II si scostò deferente e un nuovo soggetto entrò in scena - Chiedo a vostra Grazia il permesso di accedere. -
- Ne avete facoltà, mio diletto. Siete atteso con favore. -
Willy e Pandora individuarono nel chiaroscuro la sagoma del nuovo arrivato cui il Principe apriva l'abbraccio. Tenaglia, il guardiano più vicino, gli sussurrò - Ecco Lafayette, il nostro luogotenente. Sta' attenta a ciò che fai, troia, e anche tu stronzetto: mai guardarlo negli occhi, né contraddirlo! Mai! -

- Ho saputo del fortuito incontro con l'ostile lavandaia. -
- Un autentico colpo di buona sorte, Sire. -
- Immagino che loro non siano del medesimo avviso. -
- Credo di no, Sire. -
- Horace riferì della brillante idea che vi colse. -
- Troppo buono. -
- Vi siete divertito? -
- Delizioso fu vederli piangere e fornicare, vostra Grazia. -
- Lafayette: siete l'orgoglio di tutti noi. -
- Voi mi confondete … -

Il Principe gli mosse un rimprovero bonario - Però avete mostrato egoismo laddove Sebastian, portando a corte il bottino, palesò filantropia verso di me e verso i compagni. - Risero tutti.
- Lodi a Sebastian per l'azione condotta. Tengo a sottolineare, però, come l'operato mio e dei signori Horace e Dupreé ebbe carattere pubblico. Lo spettacolo organizzato al Ponticello rimarrà impresso nella memoria di coloro che a esso hanno assistito da dietro gli scuri. -
- Magnifico, Lafayette, magnifico: la potenza dimostrativa della vostra trovata domerà gli spiriti recalcitranti, ahinoi sì numerosi in quel sestiere. - si complimentò Sebastian.
- Orsù venite, Lafayette: attendevamo voi per dar luogo all'interrogatorio dei due viandanti disubbidienti; voi saprete trattare i soggetti con la vena che tanta ammirazione suscita in noi tutti. - disse il sovrano, che aggiunse - Sempre che non vi sentiate stanco e non vogliate delegare altri amici. -
- Sire: mai stanco di servire la causa. -
- La vostra disponibilità è commovente, Lafayette. Andiamo dunque a svolgere il nostro ufficio. -
Il gruppo si avvicinò agli ostaggi - Ben trovati, signori: il mio nome è Lafayette, sono lieto di fare la vostra conoscenza. - seguì l'accenno d'inchino; anche lui agghindato con la camicia a balze, portava un tricorno che cavò in quel frangente. Stivali e cintura erano in pelle e, da quest'ultima, dondolava il sonaglio. I lineamenti resi femminei dal trucco non addolcivano la luce nello sguardo, sadica e sprezzante.
Un sorriso freddo incrinò la cipria - Non odo risposta alcuna, signori: devo interpretare il vostro silenzio come dispiacere verso la mia persona? -
Willy e Pandora non riuscivano a parlare; Lafayette scostò il lembo della giacca per appoggiare una mano sul fianco e così mostrare l'impugnatura dello stiletto.

Trascorsero degli istanti in cui l'aria si caricò di un'elettricità tesa a sfociare nel dramma, finché Pandora rispose - Piacere, signoria. -
- Piacere, signoria. - ripeté Willy, tremante.
- Oh, meno male; per un attimo ho temuto di non suscitare in voi alcun interesse e sono felice che la mia fosse un'impressione erronea. -
Il sorriso del Principe tradiva l'eccitazione della bestia.
- Qual è il vostro nome, dolce madonna? - il tono di Lafayette era e sarebbe stato mellifluo, canzonatorio.
- Pandora, signore. -
- Confacente alla vostra bellezza, sebbene evochi lugubri presagi. -
- Vi ringrazio, signore. -
- Bontà vostra. E voi, amico, voi come fate di nome? -
- Willy, signore. -
- Willy? - se ne sorprese, teatrale - Oh, suona strano davvero! Avete parentele d'oltre Manica o intendete burlarvi di me? -
- Guglielmo, signore; Guglielmo, detto Willy. -
- Se non vi arreca disturbo, signor Guglielmo, nel rivolgermi a voi amerei utilizzare per esteso il vostro nome. -
- Potete, signore. -
- Ve ne sono grato. -
Lontano risuonarono i colpi di un tamburo - Una pattuglia di guardie repubblicane muove verso il Ponticello. - tradusse Sebastian.
- Assai poco tempestivamente, direi; e sono certo che almeno su questo la lavandaia sarà d'accordo con me. - Lafayette, con ironia rarefatta.
Risero tutti, tutti tranne lui.
- Possiamo non curarcene, caro amico. Vi prego, Lafayette: tornate a conversare con i gentili ospiti. -

- Grazie, vostra Maestà. Se non ho inteso male, signor Guglielmo, pare che voi e la vostra compagna incontraste la ronda nei pressi della zona franca al confine est. -
- Eravamo alle Cinque Lampadi, signore. -
- Avete colà residenza eletta? -
- Nossignore. -
- Ha forse ragione chi vi pensa a zonzo in totale inosservanza delle regole emanate dalla nostra Maestà? -
- No, signor Lafayette ... -
- O signore o Lafayette, prezioso Guglielmo: è questo il modo corretto per rivolgersi a me. Prestate attenzione, vi prego. -
Per un secondo Willy lo guardò negli occhi per vedere il male utilizzarli come via d'uscita - Perdonatemi, signore. - e prontamente tornò a sguardo basso.
- Ritenetevi perdonato. Dicevate? -
- Non era nostra intenzione mancare di rispetto a sua Altezza, signore. Non eravamo a conoscenza di queste regole. -
- Volete forse affermare che chi le ha emanate non smuove in voi interesse sufficiente? Ammettete l'eventualità che si possa non sapere o non aver cura di ciò che nostra Maestà ha dispensato? -
Un "oohh" d'incredulità salì dalla truppa.
- Non dico ciò, signore, è solo che noi non ... -
- Voi dove risiedete, gentile Pandora? - lo interruppe.
- Piazza della Ragion Perduta, signore. -
- Al limitare opposto, se non vado errato; per quale motivo vi trovavate tanto fuori zona? -
- Siamo stati a trovare un'amica, signore. -
Lafayette si girò di spalle - Perdonate, preziosi ospiti, ma la giustificazione addotta pare debole e superficiale; contravvenire alle regole imposte dalla Restaurazione dovrebbe ipotizzare ben altro movente. Dico bene, vostra Grazia? -

- Concordo, Lafayette. -
- Come ha detto Guglielmo, signore, non avremmo mai infranto le vostre regole se non perché ... -
- Posate sul bordo della fontana ogni vostro avere. -
Pandora e Willy svuotarono le tasche, ammucchiando gli oggetti in bilico sul marmo.
- Signor Ottavio: volete controllare sulle credenziali la veridicità di affermazioni inerenti identità e domicilio? -
- Con piacere, Lafayette. -
- Che la mia diffidenza non vi rattristi, ospiti piacevoli. Ultimamente noi ardimentosi abbiamo registrato ripetuti tentativi d'infiltrazione da parte delle guardie repubblicane, dunque mi corre l'obbligo di accertare che voi non ne rappresentiate un ulteriore. -
- No, signore - Willy, con un fil di voce - abbiamo risposto sinceramente. -
- Le carte confermano, Lafayette. - disse Ottavio.
- Ne ho piacere. Gentile signora: volete togliervi il pastrano e consegnarlo al signor Ottavio in modo che costui, forte dei suoi studi tecnici, possa verificare l'eventuale presenza di demoniaci dispositivi recenti? -
Pandora obbedì.
- Forse siete in buonafede, miei cari, ma ritengo avrebbe risposto pressappoco come voi anche chi temiamo possa avvicinarci. -
- Osservazione pertinente, Lafayette. - approvò Sebastian.
Sempre di spalle, come divagando, l'inquisitore proseguì - È sempre spiacevole mostrarsi malfidenti, preziosi Pandora e Guglielmo; purtroppo la nostra missione è osteggiata da molti, quanto invero sono pochi coloro che la appoggiano. -
Pandora osò - Signore: posso rivolgervi una domanda? -
- Naturalmente, mia cara; dite, vi prego. -
- Per evitare spiacevoli infortuni quali l'aver infranto, pur se in buonafede, norme importanti ... -

- Continuate, continuate, apprezzo il vostro enunciato. -
- Quale missione portate avanti, signore? -
- Il vostro candore m'intenerisce, madonna Pandora. - affabile, aprì le braccia - Sono certo che avrete notato a quale splendore è approdata questa parte della città vecchia. -
- Sì, signore. -
- Ebbene: mentre gli architetti e i carpentieri hanno badato a risanarne gli angoli, nostra Maestà con ausilio di noi serventi devoti ha assunto il compito di bonificarne l'umanità. - nuovamente di spalle, proseguì - Questo ricettacolo di scimmie e sgorbi a bottega, di disperati, di meretrici e di castrati dediti a vizi che per decenza neppure nomino, veste oggi il meritato Rinascimento. Che altro aggiungere? Speriamo solo ci sia riconoscenza di ciò. -
- Ho facoltà di p-porgere una domanda a vostra signoria? - Willy con voce incerta.
- L'avete, s-signor Guglielmo; nel frattempo, che madonna vostra compagna si tolga la casacca. -
- Ma ... - Willy non fece a tempo a dire altro, perché Lafayette si era voltato con la follia nello sguardo.
- Siii? -
Pandora si levò la maglia e Willy, dopo aver deglutito, fece la sua domanda - Eppure, signore, io e Pandora non apparteniamo alla schiera dei vostri nemici: allora perché ci avete imprigionato? -
Occhi di sciacalli osservavano Pandora in reggiseno porgere il golf a Ottavio.
- Su di voi aleggia il sospetto d'infiltrazione, signor Guglielmo; e vi rammento che se aveste rispettato le disposizioni in materia di coprifuoco non vi trovereste in questa situazione incresciosa. -
- Noi vi giuriamo che ... -
- Non avete domandato facoltà di parola, caro ospite. Non abusate della mia indulgenza. -

- Domando il permesso di esporre la mia teoria, signore. - chiese Willy, ricacciando indietro la voglia di piangere.
- Permesso accordato: esponete pure, buon Guglielmo. -
- Noi vi giuriamo di non appartenere alle guardie repubblicane; se abbiamo sbagliato contravvenendo alla regola è perché non la conoscevamo, signore. -
- Non fate ch'io ripeta che non aver cura della volontà espressa dal nostro sovrano, anche per il semplice fatto di non conoscerla, è di per sé una colpa, onesto Guglielmo. -
- Vi supplico di credere ... -
- Ancora una volta non avete domandato facoltà d'intervento, mio diletto. Non sarà prendendovi gioco di Lafayette che riuscirete ad alleggerire la vostra posizione. -
- Vi supplico di ascoltare ... -
- Avete sbagliato nuovamente, Guglielmo. Tenete in debito conto che la Corte delle Meraviglie è luogo tra i più belli anche per morirvi. Mi spiego? -
Willy piangeva in silenzio.
- Vi ho fatto una domanda, amico mio: nel non rispondermi volete porvi su un piano di sfida? -
Alcune risate di eccitazione salirono dal branco.
- Ottavio, vi prego: adoperatevi affinché nostra ospite vi consegni calzature e brache. -
Sempre a occhi bassi Pandora si spogliò. Perduto lo slancio del tacco, in solo intimo sembrò ingoffita.
- Siete maritata, dolce Pandora? -
- Sì, signore. -
- Avete generato prole? -
- Sì, signore. -
- In quale ragione? -
- Un figlio, signore. -
- Felicitazioni. Ed egli è bimbo o giovinotto? -
- Ha suppergiù la vostra età, signore. -

- Quale nome avete scelto per il frutto del vostro grembo, cortese convenuta? -
- Gabriele, signore. -
- Davvero un nome ispirato e gradevole. Volete ora essere così amabile da consegnare il reggiseno al signor Ottavio? -
Lei ubbidì, in un silenzio intriso di violenza.
- Dite: il vostro sposo vi monta con l'auspicata generosità? -
- Io ... non ... -
- Rispondete, cara. -
- Si, signore. -
- Siete solita concedere che egli pervenga al piacere dentro la vostra carne più deliziosa, mia dolce padrona? -
- Io ... signore, vi prego ... - Pandora stava cedendo.
- Rispondete, mia diletta. -
- ... sì signore. -
- E dite: il qui presente Guglielmo è solito fare altrettanto? -
- No, signore. -
Lafayette sgranò tanto d'occhi - Mi meraviglio, pregiato Guglielmo: voi non trovate graziosa questa femmina? -
- ... - Willy sembrava non saper parlare.
- Si tratta di una semplice domanda, Guglielmo; per ottener risposta confido nella vostra miglior creanza. -
- Sì signore. -
- Sì cosa? -
- La trovo graziosa, signore. -
- Traggo giovamento dal vostro dire, squisito amico. Però, perché nessuno pensi che si tratti di un sì dove l'educazione è convocata a celare un rifiuto, abbiate il buon cuore d'abbassarvi brache e brachette così che a testimoniare in favore del vostro desiderio sia la natura, colei il cui gradimento non ammette mistificazione. -
Il Principe sussurrò a Sebastian - Lafayette è un grande scenografo, un meraviglioso Maestro di Cerimonia! Non c'è rappresentazione che non lo veda all'altezza. -

- S'intende che egli ama ciò che fa, Sire; l'affetto che prova per noi tutti ne esalta la dote tesa a eccellere. -
- Parole sante, caro Sebastian; volentieri a lui affido l'incarico di condurre gli spassi, perché io mai saprei eguagliarlo per la cura del dettaglio e per il raffinato metodo d'intervento. L'eccitazione che rapisce le mie membra è misura inequivocabile di quanto egli bene agisca. -
Lafayette aggrottò le sopracciglia - Guglielmo pare poco ispirato, madonna Pandora; ammainate l'ultimo vessillo e verifichiamo se la vista del vostro sesso saprà operare nel senso voluto. Ottavio, siate gentile: raccogliete ciò che gli ospiti vi consegnano. -
Risatine isteriche festeggiarono l'effetto della recita che aveva condotto Willy in lacrime e a calzoni abbassati davanti a Pandora triste e nuda.
- No, ancora non ci siamo. Pandora: palesate meglio quanta grazia avete con voi, così che il vostro compare possa misurar parere senza dover attingere a fantasie che al momento paiono remote. -
- Ah ah ah! -
- Propongo un Evviva per Lafayette! -
Dal branco si alzò il grido - Evviva! -
- Grazie, signori, grazie. Non merito tanto. Più che a me, modesto cerimoniere, vorrei rivolgeste l'apprezzamento ai nostri ospiti, così ben disposti nei riguardi di vostra Maestà e dei nobili adunati. - si schernì - Orsù, amico mio, ora toccatela nell'intimità. E voi, Pandora, impugnate Guglielmo affinché gli si risvegli il letargico desiderio. -
Willy e Pandora, in lacrime tra gli applausi e le grida di entusiasmo, furono costretti a umiliarsi l'un l'altra.
- Bene, evviva. - festeggiò sottovoce e guittesco Lafayette.

- Pare che la mia fosse una buona idea, Guglielmo: registro progressi nella vostra disposizione. -

- Perdonate, Lafayette: il vostro senso scenico ha generato in me lascivia ingovernabile. Ordinate, dunque, tenendo in conto la preghiera del sovrano vostro. - disse il Principe.
- Avete udito, Guglielmo? Dispiace interrompere quanto di buono avete fornito, ma sua Altezza esprime un desiderio che è il premio all'opera mia. E tale dovrà essere per voi, sebbene mortifichi la natura evocata e finalmente giunta. Fatevi dunque da parte; e voi voltatevi, dolce Pandora, appoggiate i gomiti al bordo della fontana e disponetevi ad accogliere la nostra Maestà. -
Parole senza appello, mentre il Principe si avvicinava slacciando il davanti dei calzoni.

Il pergolato copre metà della corte; dal lato a monte s'interrompe dove comincia la parte alberata, mentre al capo opposto si unisce alla pensilina in bilico sopra la fontana. La casa in pietra si erge a chiudere il lato ed è semi-nascosta dal rampicante fiorito. I lampioni sono semplici aste con il cappello che li protegge dalla pioggia e il muro di cinta, vecchio quanto la casa, ne è illuminato fino a che non si fonde con l'oscurità.
La fontana getta nel trogolo l'acqua e i riflessi secondo l'andamento circolare proprio del nostro emisfero; dal profondo si staccano sedimenti che tornano in superficie a ruotare per il poco concesso, in porzioni di tempo prese in prestito ai secoli. Sotto le bolle qualcosa lascia il fondale e affiora, mentre il filo del muschio è pettinato dall'onda.
Ne è trascorso tanto, ma per onorare l'appuntamento ne rimane poco; il tempo stringe e la bava verde si sposta sul marmo reso brillante dai guizzi di luce.
- *Presto.* -

- Domando facoltà di parola, Lafayette. - Pandora rialzò il viso. Il Principe, già dietro di lei, fu scavalcato dalla sua richiesta.
Lontano venti passi, voltato di schiena e con il fare noncurante di chi sa di aver raggiunto il miglior risultato, Lafayette rispose distratto - Pandora: davvero dovete argomentare faccende rilevanti al punto da interrompere nostra Maestà in un frangente così poco ... ortodosso? -
- Domando la parola, Lafayette. -
Il Principe bofonchiò - ... ma, insomma. -
Lafayette sorrise - E allora dite pure, Pandora nuda e bella; dite, noi vi ascolteremo. -
- Io vi ho mentito, Lafayette. -
- Così mi addolorate, madonna. E, sentiamo un po', a quale proposito mi avreste mentito? -
- Quando la pattuglia del signor Sebastian ci ha fermato, io e Guglielmo non eravamo a trovare un'amica. - in barba alla prudenza, Pandora lo fissava negli occhi.
- La menzogna è una cosa che non vi rende onore, Pandora. -
- Non importa, Lafayette: la posta in gioco è alta e il tempo è poco. -
- E perché mai, Pandora? Che cosa stavate facendo a Cinque Lampadi di così importante? -
- Eravamo sul punto di impossessarci del tesoro. -
- Del tesoro? - si stupì Lafayette.
- Del tesoro? - chiese neutro il Principe.
- Del tesoro? - disse sospettoso Sebastian.

Una lontana serie di colpi di tamburo spezzò la recita alla Corte delle Meraviglie - Scimmie! -
Sebastian tradusse - Una dozzina varca da nord, in direzione della Scala di pietra. -
- Un'autentica provocazione! -
- I Falconieri invitano all'azione, Sire! -

- Sebastian, prezioso ministro della guerra: vogliate disporre per logica, mentre io rendo acconcia la vestizione regale. - il Principe, riabbottonandosi la patta.
- Obbedisco, mio sovrano: sarà Horace a presidere la corte e a rinchiudere in cantina gli ospiti, così che attendano al coperto il nostro ritorno. Il signor Olivio starà al punto d'interconnessione per comunicare ai Falconieri. Tutti gli altri, vostra Maestà, sono chiamati a ricacciare l'invasore. Trovo la vostra condivisione, Lafayette? -
- La trovate piena, signor Sebastian. -
- Sarà nei pressi della scala che divideremo le forze, per ottenere l'impatto migliore sulla schiera delle scimmie. -
- Sposo la vostra strategia, Sebastian. Andiamo a difendere i luoghi della nostra infanzia dalla barbara invasione. Che ognuno prenda l'occorrente. - ordinò il Principe.
- Vogliate rivestirvi alla bell'e meglio, Pandora: un imprevisto ci costringere a interrompere, ma presto saremo di ritorno per proseguire il dialogo e la confidenza. - le disse galante Lafayette.
Il Principe si raccomandò con lui - Compagno prezioso: ricordate che la Committenza non vuole eccessivi spargimenti di sangue. - poi aggiunse - Fatevene bastare uno soltanto, vi prego. -
- Come desiderate, Altezza, non vi deluderò. -
La spedizione ebbe inizio, il sonaglio tintinnò fino a sparire.

La luna cambiò quadrato nell'inferriata; a lungo rimasero in silenzio, finché Willy non le chiese - Come stai, Pandora? -
- Che ora sarà? -
- Sembra passato un secolo da quando eravamo da Vanessa, e magari sono solo le dieci, le dieci e mezzo. - alzò gli occhi al soffitto, a cercare tra i pietroni la via di fuga che non c'era.
- Vedrai che ce la faremo. -

- Se quei bambocci sadici ... - s'insospettì - Ce la faremo a fare cosa, Pan? -
- Ad arrivare in tempo. -

La sera diventa notte; i programmi televisivi passano alla seconda serata, nei bar se ne vanno i clienti dell'happy-hour e arrivano i nottambuli in giro per il colpo.
Nei vicoli in luce va in scena la movida, le migrazioni alla ricerca di un divertimento che sembri eternamente nuovo. La luna è placida sui tetti, migliaia di finestre s'illuminano a momenti per i baluginii delle tv.
I fanali delle auto sono lucciole sparse fino ai piedi della Lanterna, loro e lei simboli dell'abituale svolgimento delle cose.

La processione di candele accese accompagna al soggiorno; il tavolo è apparecchiato, ma sopra non c'è cibo.
Sullo scrittoio, rialzato due gradini rispetto al vano, le tessere del puzzle dipartono dal centro del disegno già in buona approssimazione; ai bordi dell'immagine, intrappolati in giravolte scherzose, i tasselli s'imbevono di sangue. Stesi sul letto della cameretta, due corpi abbracciati mischiano il sangue che ne sgorga e che cade a gocce sul parquet.
In ingresso, al posto del quadro s'intuiva un rettangolo di muro marcato fresco.

Topi.
Sotto la parete di roccia squittivano furibondi nell'affrontare la caditoia per l'acqua. Altri correvano sulle travi, curiosi del poco che c'è e del molto che c'è stato e le cui tracce invisibili pendono da corde disabitate e da scansie ormai vuote.
Seguendone l'andirivieni, Willy si accorse dello zainetto. Per arrivare a prenderlo gli bastò alzarsi sulle punte dei piedi:

dentro c'era un quaderno a quadretti, delle matite, un golfino e un cellulare - Guarda, Pandora: ho trovato un cellulare! -
Lei volse il viso tirato - Non serve a niente, Willy. -
- Siamo prigionieri di una banda di pazzi, io trovo un cellulare e tu sai solo dirmi che non ci serve? -
- Piuttosto, guarda l'ora sul display. -
- Pandora: non so cosa ti sia capitato, né perché te ne stai ferma invece che precipitarti qui a chiamare i soccorsi, ma è quello che si deve fare e che io farò! -
- Non serve a niente, Willy: noi abbiamo un appuntamento. -
- L'unico appuntamento che concepisco è quello di stare insieme, tu ed io. Magari ci toccherà aspettare, quanto non lo so, ma perché sia così dobbiamo essere vivi, liberi e vivi. -
Il display invitava a digitare il codice di sblocco; Horace passò vicino alla finestra ma proseguì oltre.
- Merda! -
- Problemi? - chiese lei con ironia raccapricciante.
I quattro asterischi non ne volevano sapere - Serve il codice, dolce Pandora impazzita. -
- Eh eh, te l'avevo detto. -
- Ridi pure? -
- Scommetto che si tratta di quattro cifre. -
- Esatto. - Willy provava a casaccio.

Voci da fuori: la compagnia di pazzi tornava alla base.
- Sono già qui. Merda, merda, merda, merda! -
- Stanno rientrando, finalmente. - lei si alzò come chi ha fatto anticamera e sente avvicinarsi il suo turno.
- Perfetto, così ci violentano e ci ammazzano. - le dita frenetiche componevano cifre quattro a quattro.
- Perché non provi uno sei due sette? -
- Sì, buonanotte. - composta la cifra, la tastiera gli illuminò il volto sbigottito - ... ehi, ha funzionato. -

- Le dieci e diciassette, ci rimane poco tempo. - la luce del display passò sul viso spiritato di Pandora.
- Pochissimo. Quei bastardi sono già tornati. -
Willy digitò il centotredici, udì uno squillo e poi nulla.
- Tutto a posto, signor Horace? -
- Sì, Altezza, tutto tranquillo. -
- I nostri amici vi hanno dato dei grattacapo? -
- Nessuno, mio signore. -
- C'è una tacca di campo ballerina, ma devo farcela: devo! -
Lo squillo, un altro, un altro ancora.
- Pronto? Qui è la questura. -
- Pronto, polizia? -
- Sì, mi dica. - di nuovo il segnale di occupato: anche il servizio di emergenza risentiva della copertura a macchie.
- Hanno risposto; solo per un attimo, ma hanno risposto. - ricompose.
Fuori dalla finestra si moltiplicavano le voci - Come state, signor Dupreè? -
- Il taglio mi duole, vostra Grazia. -
- Voi cosa ne pensate, signor Sebastian? -
- Consiglio di tradurlo al posto di custodia, Sire: la ferita di Dupreè è profonda e può evolvere negativamente. -
- Signori Olivio, Tullio e Filippo II: accompagnatelo dai Falconieri. Sebastian: adoperatevi perché siano annunciati. -
- Subito, nostra Grazia. -
Nella finestrella comparve il sonaglio pendulo sulle gambe fasciate di velluto.
Le dita si mossero febbrili - Pronto? - all'altro capo, il segnale di libero - Merda, presto, merda, merda ... -
Horace e Tenaglia si avvicinavano parlottando - Dove cazzo ho posato le chiavi? Ottavio: guarda un po' se ... ehm, guardate se le avessi dimenticate presso il trogolo, vi prego. -
Il lontano Ottavio rispose - Le chiavi sono qui. -
Il segnale di occupato sostituì il libero - Cristo! -

- Prendetele al volo, Horace. -
Uno-uno-tre - Dai, dai ... -
- Oplà, caro amico. - il tintinnare in volo, seguito da quello del tonfo a terra - Merde! -
- Merda ... rispondete, rispondete! -
- Lancio poco preciso, gentile compagno ... eh, eh. -
- O presa poco efficace, prezioso compare ... eh, eh. -
- Presto, pronto, pronto. - ma il suono diede occupato.
- Vogliamo tradurre gli ospiti al cospetto di Nostra Grazia? - una voce rimproverò i due che se la prendevano comoda.
- Ehm, certo, signor Sebastian: gli ospiti saranno fuori in un baleno. -
- Pronto, pronto, presto ... - la chiave entra nella toppa e il rumore scuote Pandora.
Il segnale di libero.
- Gran bella scorribanda, no? -
- Magnifica, signor Tenaglia. -
Finalmente - Pronto, qui polizia: mi dica. -
- Pronto! Io e la mia fidanzata siamo prigionieri di una banda di criminali nascosti alla Corte delle Meraviglie. Aiutateci! -
- Non la sento, può parlare più forte? -
La porta, vecchia e gonfia, s'impuntò nell'apertura.
- Non posso parlare più forte. Vi prego, rintracciate la chiamata! - bisbigliò.
- *Non la sento, può parlare più forte?* -
Un brivido gli corse lungo la schiena - Rintracciate la chiamata, ci serve aiuto. Fate presto, vi prego. -
- Vogliate seguirci, gentili ospiti. - la sagoma di Tenaglia occupò il rettangolo luminoso dell'uscio, con dietro Horace a far tintinnare il mazzo delle chiavi; furtivo, Willy posò dietro al pilastro il telefono acceso.
Un topo passò sopra il cellulare e raggiunse i suoi compagni.

Coperti alla rinfusa, i due furono scortati in cortile; il Principe si avvicinò a Lafayette intento a pulire il pugnale sporco di sangue.
- Ho apprezzato la vostra sobrietà, Lafayette: una sola vittima è un segnale forte senza che lo sia in eccesso. -
- I vostri desideri sono ordini, Maestà, e i vostri ordini sono il mio desiderio. -
- Ecco gli ospiti. Ottavio: recatevi in cucina a prendere il moscato preferito dal Principe. Dobbiamo brindare alla scorribanda che ha abbassato la cresta alle scimmie! - Sebastian, festante.

Pandora e Willy ricevettero un bicchiere di moscato - Signor Sebastian: se volete dire due parole, ne avete facoltà.-
- Alziamo le coppe, Maestà, gentili convitati e compagni tutti: le scimmie sono state ricacciate! Il brindisi va al successo conseguito e al signor Dupreé che ha versato il contributo maggiore; le nostre ferite rimargineranno alla svelta, però, nell'attesa delle scimmie che verranno. Hurrà! -
- Hurrà! - i calici tintinnarono, con Pandora e Willy compresi nel festeggiamento.
Il Principe sbottò in un rutto - Or dunque, Lafayette: a che punto eravamo rimasti? La pugna vittoriosa ha accresciuto la mia sensualità e la nostra dama mi appare più bella che pria. -
- Siete ferito, Lafayette? - gli chiese Pandora alla vista di una macchia scura allargata sull'addome del luogotenente.
- Lievemente, dolce signora; la scimmia eletta a simbolo ebbe un imprevisto empito di vitalità quando sembrava impossibile che fosse. - tra loro si tese uno sguardo protratto.
- Credo sia d'uopo riprendere, Maestà e signori tutti. Pandora: levate gli indumenti, vi esorto. - propose Sebastian.
Ma Lafayette era di altro avviso - La nostra ospite deve terminare il racconto, signor Sebastian. -

- Prezioso compagno: quello di Pandora aveva l'aria di un diversivo per guadagnare tempo, mentre sarebbe opport … -
- Prima che le scimmie ci richiamassero alla pugna, Pandora ha ottenuto facoltà di ragionamento: volete che io mi rimangi la parola data, Sebastian? -
- Questo mai, amico mio, eppure io ritengo che … -
- Di ciò che ritenete avremo il piacere di disquisire compiutamente, Sebastian, ma in un'altra occasione: ora io desidero che la nostra ospite completi il suo dire. -
- Su, su, signori, vi prego: - intervenne il Principe - non innervositevi in una serata bella e varia come questa. Abbiamo tempo per ogni cosa. -
- No, il tempo è poco. - tutti gli sguardi furono su di lei - Io chiedo il permesso di riprendere il discorso, Lafayette. -
Sebastian non apprezzò - Altezza: nel modo in cui la dama si rivolge a vostra grazia, o piuttosto nel modo con cui evita di farlo, io ravviso un colossale vizio di … -
- Permesso accordato, Pandora. - Lafayette chiarì che il proprio capriccio non andava sindacato.
- Grazie, signore. Prima della spedizione vi confessai il motivo per cui Guglielmo ed io eravamo in Cinque Lampadi. Se far visita a un'amica non lo era, Lafayette, trovarsi a un passo dall'impossessarsi di un tesoro non vi sembra una ragione commisurata al rischio corso? -
- Capisco, ma ditemi: cosa s'intende col termine tesoro? -
- Un enigma che attraversa i secoli, un oggetto per cui tanta gente ha pagato col sangue la smania di possederlo. -
- Trattasi di un oggetto dal grande valore, Pandora? - s'interessò il Principe.
- Tutto lo lascia intendere, Maestà, anche se non so di cosa si tratti; so che salpa insieme all'oro destinato alla corte di Spagna quasi quattro secoli fa e che, da allora, percorre senza sosta né pace la carta geografica. -

- Avvincente e bizzarro, mia cara. - ancora Lafayette - Siete sicura trovarsi in Cinque Lampadi? -
- Sì, dentro l'armadio di una bottega. Ma non abbiamo molto tempo: per sua natura, il tesoro appare e subito sparisce. È una scommessa che viaggia sì nei secoli, ma che si mostra solo per poco. Dobbiamo fare presto. -
Sebastian prese la parola - Come volevasi dimostrare, Sire, il diversivo è svelato! Guarda caso Pandora estrae la favoletta del tesoro giusto in tempo per preservare il proprio corpo. Un tesoro? Ah, ah: mi meraviglio di voi, Lafayette! -
- Meraviglia di me è il massimo che sapete esprimere, Sebastian? -
- Una scusa puerile o un probabile tranello: non vedo altro. -
- Sebastian muove un'accusa verosimile, valoroso amico. - il Principe, affabile al solito - Voi quali elementi contrapponete a sì ragionevole valutazione? -
- Lasciate ch'io conduca le danze, Maestà: avete in precedenza mai avuto a lagnarvene? -
- Mai, mio prezioso, mai. -
Lafayette assunse un'aria investigativa e prese a girare a mani dietro com'è dell'avvocato istrione - Pandora: come arrivaste alla conclusione che il tesoro fosse alle Cinque Lampadi? -
- Obiezione, vostra Grazia. - lo interruppe Sebastian, calatosi nei panni del Pubblico Ministero - La domanda presuppone l'esistenza di un tesoro che non è detto esista. -
- Obiezione accolta, signor Sebastian. -
- Riformulo il quesito, signori. Cosa si cela dietro le vostre affermazioni, Pandora, quali elementi le avvalorano? Sono esse frutto di studi e di ricerche? -
- Per sostenere ciò, Guglielmo e io abbiamo raccolto indizi nella storia madre e in quella della marineria, nella storia dell'arte e tra leggende che con la realtà mostrano precise rispondenze; il percorso che conduce alla bottega in Cinque

Lampadi è fatto da incastri perfetti e da pareri di professori, di religiosi e di frequentatori l'occulto. -
- Nessuna improvvisazione, dunque? -
- Nossignore. Piuttosto, la serie di dati e di coincidenze ha combattuto con lo scetticismo che capisco in voi perché è tuttora in Guglielmo; e che è stato anche il mio, lo stesso identico, ma che oggi è alle spalle. -
- Come definireste il cammino che vi ha condotto fin là? -
- Tortuoso e osteggiato al punto che voi membri della Restaurazione sembrate esserne una parte prevista; ed è un percorso diretto a un appuntamento fissato secoli addietro, un incontro che non può essere rimandato. -
- Dunque l'appuntamento è per stasera, Pandora? -
- Sì, Lafayette: la sera del diciassette maggio duemilasette. -
- Per quale motivo noi della Restaurazione dovremmo essere con voi, Pandora? -
- Lo ignoro, Lafayette; ora che la storia vi ha coinvolto, come tempo addietro ha fatto con me e Guglielmo, starà a voi cercarne il motivo. E so già che lo troverete, perché voi della Restaurazione siete dentro la trama quanto ci sono io, quanto ci sono gli altri. -
- Come si presenta il "tesoro" di cui narrate? - per aggirare l'obiezione bastò virgolettare il termine.
- Uno scrigno in mezzo ad altri scrigni, signore. -
- Riconoscibile, in qualche modo? -
- Sì: lo scrigno presenta incise due mani che porgono il Sapere e una B, l'iniziale di Barnaba. -
- Ohibò: chi sarebbe questo Barnaba? -
- Il San Barnaba dei Monti è il brigantino dove il tesoro fu imbarcato nell'anno milleseicentoventisette. -
- A cosa dovete la certezza che sia alle Cinque Lampadi? -
Dal bordo del trogolo, Pandora prese le chiavi del negozio di antiquariato; per un momento lei e la luna si specchiarono nella stessa porzione di acqua dove le bolle accarezzano il

muschio - Io e Guglielmo lo abbiamo visto poco prima che Sebastian ci catturasse. -
- Avete veduto il tesoro? -
- Lo scrigno, Lafayette, solo lo scrigno. - nella destra di Pandora le chiavi trillarono tra pollice e indice - Ma il tempo stringe: non sarà il diciassette di maggio ancora per molto. -

Pochi secondi di silenzio e toccò all'Accusa - Puerile, vostra Grazia, tutto ciò è puerile! L'affascinante storiella incappa in un Non so ogni volta che la domanda esige una risposta precisa. Certo non saranno questa mia arringa, né la prossima riservata a Lafayette, a far luce su una lacunosa narrazione. - Sebastian parlava da fermo, rivolgendo qua e là lo sguardo severo - In verità è facile smontare ciò che neppure ha una forma definita, lo sappiamo; ma vagliamo ugualmente i fatti, in un divertissement che contrabbandi per vero ciò che vero non è, per il loro mero vantaggio derivante. -
- Che cosa intendete, signor Sebastian? - chiese il Principe.
- Anche se le parole di Pandora fossero dimostrate, perché dovrebbero riguardarci? Abbiamo bisogno di un tesoro? L'incarico svolto dalla Restaurazione richiede una ragione d'essere che non sia ciò che già è? Fumose diatribe da ratti di biblioteca, da creduloni forforosi, possono in qualche modo interessare il nostro ufficio? -
La luna procedeva lenta tra i nespoli e i limoni, il fiore di gelsomino rapiva l'olfatto.
- Abbiamo bisogno di monili e diademi per scagliarci contro i costumi depravati e le brutture del vivere? No, signori: la filosofia che ispira la vostra Maestà e noi umili serventi sta all'esatto opposto! Nascosta tra le pieghe di ciò che osteggiamo non si cela sempre la bramosia di denaro? Il mercimonio dei corpi a bancarella, l'orrore di spezie maligne e le montagne di rifiuti agli angoli delle vie forse non sono la putrescente scoria antitetica al fine che ci muove? Non siamo

proprio noi l'inciampo morale opposto al florilegio avvelenato che è compagno della cupidigia repubblicana? -
Il dito accusatorio s'indirizzò verso Pandora - Madamigella: voi con le bagattelle vostre sbagliate per difetto! Per preservare il vostro corpo sbandierate con orgoglio la misura del mondo che rappresentate, ma alla Corte delle Meraviglie le sirene tentatrici s'imbattono nella logica opposta. L'oro che governa le vicende repubblicane qui non troverà quartiere. - la maschera di cipria si tese - Ebbene, Pandora: voi non riuscirete a corromperci! -
Sebastian chiuse la arringa con una giravolta a mostrare le spalle; solo il timore di irritare Lafayette impedì all'uditorio di applaudire la fine del suo intervento.
- Grande esposizione, Sebastian, grande davvero! - esclamò il Principe - La vostra coerenza giunge come un benefico promemoria per truppe spesso provate dalla fatica che il nostro incarico reca con sé. Se, come dite, Pandora ha messo pulci intriganti e impure in orecchie e coscienze nostre, il vostro intervento ne sterilizza l'effetto. Me ne compiaccio. -
- Troppo buono, Sire, troppo buono. -
Dopo i sorrisi benevoli non vi fu occhio che non cercò, dove la luce dei lampioni cede al prato buio, la figura di Lafayette che muoveva gesti gentili tra i frutti acerbi e le foglie nuove.
Il Principe ruppe il silenzio - Tocca a voi, o mio diletto. -
- Grazie, Maestà. - il canto dell'acqua che si tuffa nell'acqua sembrò incarnare il senso profondo della sera adagiata sulla Corte - Cos'è un mistero? - tra pause e domande, l'arringa ebbe inizio - Che cosa fa di un avvenimento un mistero? - Lafayette si portò all'albero successivo - È banale affermare che un mistero è tale perché non trova rispondenza nelle miserabili vicende umane, ma proprio perché da queste si discosta? - un ramo gli sollevò una coda del pastrano, mostrando il fianco ossuto e il sonaglio; Lafayette, dolcemente, riaccompagnò il ramo al posto - Fra le vie del

ghetto, nostro fine ultimo, un mistero oscura le cose attorno, rivolta i destini e subito svanisce. E noi uomini valorosi, noi sempre pronti a correre per portoni a punire castrati e meretrici dalle vesti sconce, così come usurai e commercianti sordidi nelle loro suppliche, di lui non ci curiamo. -
Dei colpi di tamburo lo fecero voltare verso la tenebra di là del muro - Udite, Sebastian? I Falconieri ci segnalano una pattuglia tra la Ragion Perduta e il Prato delle Lacrime. -
- Ho udito, Lafayette. -
Il luogotenente sospirò, sempre di spalle - Stavolta non è così, ma quante volte il tamburo ci ha mosso a scorribanda? -
- Già molte volte, Lafayette. -
- Eh, sì: - la voce s'incrinò d'amarezza - il falconiere solleva il cappuccio e il rapace vola sulla preda per bloccare, per uccidere, per punire. -
- Si tratta del compito assegnatoci, Lafayette. -
- Sì, è il nostro compito. Il padrone comanda e la bestia ammaestrata piomba sul nemico. - adesso era il nespolo a beneficiare della sua carezza - Ma ditemi, Sebastian: si tratta del nemico nostro o del nemico di chi ci manovra? -
- Io non credo che ... -
- Non credete? Ciò è curioso. Voi così attento a che il mercimonio non ci corrompa, voi sempre vigile affinché la visione mercantile della Repubblica non ci travolga, cosa ne pensate delle aspirazioni della Committenza? Forse non sapete che è un'auspicata speculazione edilizia a muovere la Restaurazione come fosse un cane da guardia o, se lo preferite, come un falcone? -
Sebastian non rispose; Lafayette si girò per riscuotere i frutti della rappresentazione - "C'è un castrato che agita il deretano sul membro di un pervertito: correte, Sebastian!" Oppure: "Presto, signor Sebastian: nel tale portone due degenerati mescolano sangue e seme. Intervenite!" O anche: "Le

scimmie recano spezie dal mortale abbraccio, signoria: che diamine aspettate?" - disse clownesco.
Lafayette ha la follia nello sguardo, chi lo incrocia abbassa il proprio; tutti tranne Pandora, che lo sostiene e gli sorride.
- Poi arriva un mistero, ma il tamburo non suona; e così l'enigma, finalmente ragione autentica per muovere chi come noi ha a cuore le sorti del ghetto, è trattato alla stregua di trastullo fra corrotti, è retrocesso a pena di miserabile, lo si veste da scusa puerile e ingannevole. -
La luna cambiò quadrante, trovando l'ultimo disponibile nel diciassette di maggio.
- Un mistero, Sebastian, per me è avventura, è vita, è causa e movente. Un tesoro, un appuntamento col destino, è per me più avvincente delle deiezioni di un infame, quanto d'interessi borghesi e vili. - un tamburo messo lì accanto risuonò armonico al colpetto infertogli da Lafayette - E tu? Davvero tu sai solo rispondere e mai domandare? - dopo che fu si piantò al centro della Corte e scostò le code, mostrando i simboli della propria filosofia - Alle Cinque Lampadi c'è da onorare un mistero, vostra Maestà e amici convenuti: Lafayette è qui, pronto a un appuntamento che finalmente pare proporzionato alla sua statura. E adesso ditemi, compagni miei: - nel gesto di sfida il mento scattò verso l'alto - voi di che pasta siete? -
Le mani lasciarono i fianchi, le code coprirono il pugnale e il sonaglio.
Gli occhi di Pandora si socchiusero al passaggio della carezza di Lafayette.

Dal silenzio, i primi timidi Hurrà salirono dall'assemblea. Il Principe, impressionato, gli dedicò lo sguardo caldo d'ammirazione.
Le voci si fecero più forti finché i teppisti presero ad applaudire entusiasti - Per Lafayette, hip, hip, hurrà! Hurrà! -

- Andiamo all'appuntamento! -
- Andiamo alle Cinque Lampadi! -
- Andiamo a prendere il tesoro! -
Il sovrano spalancò le braccia, giocoso segno di resa - Avete vinto voi, Lafayette: che ognuno s'appresti alla scorribanda. - Nella confusione seguente, Sebastian si avvicinò a Lafayette per sussurrargli duro - Folle: voi ci guidate dritti in un trabocchetto! -
- E se anche fosse, Sebastian? - sorrise perfido - Io adoro i trabocchetti. -

I molti passi rimbombavano nella notte; Willy era al fianco di Horace, con lord Benzina e Tenaglia a chiudere il gruppo. Pandora stava davanti con Ottavio, Sebastian, il Principe e Lafayette.
Un lontano tamburo suonò interrogativo, mentre dall'ennesimo carruggio nero il gruppo sfociava in una piazzetta dai colori pastello - I Falconieri chiedono lumi, vostra Altezza. -
- Formulate la seguente risposta, signor Sebastian: siamo diretti al confine est, sotto la zona franca. Lasceremo qui il primo messaggero, lord Benzina, in modo che il filo non s'interrompa. Comunicate inoltre affinché i signori che accompagnarono Dupreé tornino di stanza alla Corte il prima possibile . -

Lasciato alle spalle Benzina con uno dei tamburi, l'ennesimo vicolo umido accolse lo scalpiccio e il tintinnare del sonaglio.

I Falconieri si rifecero vivi - Una pattuglia di repubblicani converge da ovest, Sire; corriamo il rischio che tagli il filo. -
- Prudenza consiglia l'attesa, vostra Grazia. -

Pandora sussurrò a Lafayette - Non abbiamo tempo per la prudenza. -
Il suo volto, abituato al sarcasmo e alla violenza, incrinò la maschera a qualcosa d'insolito; le parole che non disse erano solo per lei, chissà quali. Indi, rivolto agli altri - Possiamo proseguire serenamente, signori: scendendo per l'Amor di Carta Straccia fino al traverso delle Oche manterremo il margine di un isolato tra noi e i repubblicani. -
- Idea brillante, Lafayette: andiamo, dunque. - decise il Principe.

Nel buio di catacomba, i riflessi girevoli di un lampeggiante filtrarono tra gli spigoli.
- Fate silenzio, signori. - sussurrò il Principe; la mano di Lafayette bloccò il sonaglio.
Willy sentì a pochi metri da sé le voci dei poliziotti che non lo avrebbero salvato - Dove cazzo siamo finiti? -
- Da qua non si passa, Dan; ci tocca fare retromarcia fino alla fontana. -
- Vaffanculo a 'sto posto di merda! -
- Inconvenienti del mestiere, Dan. - la radio gracchiò qualcosa a proposito di un accoltellamento - Hai sentito? La Banda del Tamburo si dà da fare, stasera. -
- Se becco quel bastardo col tricorno e il sonaglio ... -
Mentre il poliziotto lo ricopriva d'insulti tutti guardarono Lafayette che, rappresentando il candore del cerbiatto che sbatte le ciglia, fece sorridere la truppa.

I cercatori di tesori girarono proprio per il vicolo dove la pantera della polizia non poteva passare.
- Quale gergo volgare e sfrontato, Sire. - Ottavio, sottovoce.
- Non fateci caso, sensibile amico: è il modo di esprimersi in auge tra i repubblicani. - lo consolò il Principe.

Willy, con la disperazione di chi non può fare nulla sapendo che sarebbe bastato poco, posò i piedi nel fascio di luce proiettato dalla pantera in retromarcia.

Lungo i viottoli che scendono ripidi da Santa Croce, il tamburo più vicino echeggiò scandito - Lord Benzina comunica che la pattuglia va verso nord, mio Principe. -
- Siamo ormai prossimi alle Cinque Lampadi, ma cautela consiglia di lasciare qui il signor Horace perché mai ci si debba pentire di non aver udito una comunicazione importante. Vi trovo concorde, signor Sebastian? -
- Sì, Altezza. Questa vicenda ha in sé tali rischi che non è il caso aggiungerne. Horace può sistemarsi in San Pietro della Porta e così garantire una chiara ricezione. -
- Prendete posizione, Horace: a voi il penultimo tamburo, che garanzia vegli su questa avventura. Lo strumento a corta gittata rimarrà a Ottavio, così che il filo sia preservato. -
- Obbedisco, Sire. - Horace imboccò il carruggio e il gruppo riprese il cammino.

Il lontano tamburo dei Falconieri li obbligò all'ascolto. Il risanamento edilizio non aveva raggiunto quella zona, e lì antiche case diroccate si alternano alle infelici costruzioni del dopoguerra.
- Cosa raccontano, Sebastian? -
- La lontananza impedisce la piena comprensione, Maestà. D'altronde la frontiera è vicina: di là da quello stabile schifoso c'è la corrotta città repubblicana. -
- È vero, eccola. - segnalò Ottavio.
Spiando oltre lo spigolo, stupiti come bambini, guardarono verso mare: da un bar in fondo al vicolo arrivava della musica e un gruppo di extra-comunitari sedeva chiassoso ai tavolini rivolti all'angiporto, ai lampioni altissimi e alle automobili in transito.

- Orrore. -
Willy guardò Pandora e in lei non riconobbe paura né voglia di scappare; in lei non vide altro che l'impazienza di incontrare i suoi spettri.
- Quale ribrezzo! Le scimmie fanno ricreazione. - Ottavio.
- Concordo, Ottavio, ma non divaghiamo. Sebastian: fate sì che i ripetitori ci chiariscano il messaggio dei Falconieri. - dispose il principe.
Il rullante di Ottavio chiese lumi, Horace gli rispose da Castello.
- Buone nuove, Sire: i nostri compagni sono tornati alla Corte delle Meraviglie e il signor Dupreé se la caverà. -
- Perfetto. Andiamo. -
Scura e fuligginosa, apparve la piazzetta delle Cinque Lampadi; nel buio, oasi di chiarore ed eleganza, le vetrine di Vanessa - È quello il posto, Pandora? -
- Sì, Lafayette, è quello. -
- Guardate che raccapriccio, Maestà e cari amici. - Ottavio indicò il quadrante che dota di ora, data e temperatura l'insegna della farmacia. Un istante di buio e comparvero i numeri ventitré e ventisette, color del sangue. Ancora buio e fu la volta dei numeri diciassette e zero-cinque.
Poi comparve solo il diciassette - Serata fresca e gradevole, non trovate? - Lafayette, beffardo al solito.

- Di qua, signori. - Pandora imboccò il vicolo.
- Le chiavi che ci mostraste, illustre Signora dell'Enigma, sono quelle che apriranno senza intoppo le porte che ci separano dal "tesoro"? - domandò ironico Sebastian.
Lei era già al cancelletto - Meccanicamente è così, Sebastian: l'intoppo può verificarsi nel caso sia tornata la proprietaria che, al momento del nostro arresto, si era assentata. -
- Intuisco sia saggio non generare rumori di sorta. - azzardò Ottavio.

- S'intende. - il cancello si aprì e il manipolo entrò in cortile, silenziosamente.
Sebastian sussurrò - Non immaginando quanto all'interno possano giungere i suoni della notte, a titolo precauzionale propongo che i signori Ottavio e Tenaglia rimangano qui di guardia. Sarà questa premura a garantirci il controllo territoriale, nonché la tempestiva ricezione di eventuali allarmi. -
- Lo trovo ragionevole, Sebastian: disponete in merito e raggiungeteci spedito. - rispose dalla scala il Principe, con Pandora a precedere lui, Lafayette e Willy.
Lei sollevò il coperchio che copre la serratura dell'antifurto: vi trovò la lucina rossa che, dopo aver inserito la chiave elettronica, si fece verde - Buon segno. Pare che la proprietaria non sia in casa. - intanto Sebastian aveva ricompattato il gruppo - Procediamo. - la chiave intoppò la serratura.
La brezza mosse il rampicante da cui salì il frullo di mille ali.

- E ora che si fa, amici? Qui non ci si vede verga alcuna. - Pandora pigiò l'interruttore e la lampada li illuminò nel corridoio arancione che dà al soppalco.
- Sarà prudente? -
- Non lo so, signori, non lo so. - Pandora puntò l'obiettivo. Giunsero al soppalco sopra il negozio - Di qua, presto. -
Il principe - Mia diletta: questa luce è forse visibile all'esterno? Non pensate che sia meglio ... -
Ma per lei non c'era più niente che non la proiettasse oltre la porta dello studio, per cui rispose febbricitante - Non lo so. Fate presto. -
Di là dalla porta dello studio trovarono gli insetti di luce della lampada moderna; i molti piedi fecero cigolare il legno - Quale tedioso rumore. - se ne lamentò il Principe.

- Forse procedendo sul perimetro, Maestà ... - abbozzò timido Willy.
Lafayette era a fianco di Pandora - Uhm: è qui? -
Lei assaporò il momento - Sì, vieni. -
Il tavolo, il tappeto afgano, lo specchio che duplica le ombre; sagoma più scura nello sfondo, l'armadio dall'anta socchiusa sul mistero.
Gli occhi di Pandora raccoglievano luce per restituire impulsi - Sei qui, io lo so che sei qui. - raggiunse l'armadio.
Anche Sebastian, il principe e Willy approdarono allo studio; come un faro che illumina le secche, la luce in corridoio splendeva alle loro spalle.
- Vieni, Lafayette, ci siamo. - la mano scostò l'anta.
S'indovinarono le mosse febbrili che Pandora concentrava nel ventre dell'armadio aperto - Dove sei, dove sei? -
Tra i molti occhi assetati di luce ce n'erano d'impauriti, di scettici, di curiosi nell'indovinarla intenta a spostare gli oggetti - Dove sei finito, maledetto? Dove sei , dove sei ... -
- Stai cercando questo, Pandora? - una voce di donna parlò dall'altro capo della stanza.

Il lampadario si accese. Seduta in poltrona, Vanessa sorrise; sulle ginocchia aveva uno scrigno di legno grezzo - Non ti ho convinto, eh? Non ce l'ho fatta a dissuaderti. -
Davanti a lei una platea stupita, con Pandora a fissare il bauletto.
- Non ti bastava la placida vita borghese e hai sentito il richiamo della cattiva fortuna, eh? Che peccato. - Vanessa guardò gli altri, uno a uno - E lo avete sentito anche voi. Non so sotto quali sembianze vi sia arrivato ma, quali che fossero, ha fatto in modo che voi non mancaste all'appuntamento. -
Pandora non sapeva che esprimere muto desiderio.
- Eh, adorabile Pandora, non immaginavo che quel quadro avrebbe ancora convinto qualcuno e mi dispiace che proprio

tu debba farci i conti; però sappi che se ti ho mentito è stato solo per proteggerti, credimi. - si alzò - Tu sapessi quante volte avrei potuto distruggerlo, quel ritratto di ciò che non si doveva sapere, cosa che non ho mai fatto solo per la mia inguaribile devozione al bello. -
Posò sul tavolo lo scrigno - Ho commesso un errore o è stata una casualità? - Vanessa sorrise - Bah, non lo so, ma almeno adesso posso dirti che il dipinto è un capolavoro e che Simone Marchesi da Coronata era un pittore fenomenale. Sì, Pandora, avevi ragione tu. -
Pandora sembrava vetrificata dalla presenza del bauletto a pochi centimetri da lei.
- Che peccato. Neppure la follia che hai sul volto riesce a fare di te una creatura sgradevole, e ciò rende ancora più amaro averti qui. - Vanessa tornò sui suoi passi, liberando il campo alla smania trattenuta - E adesso, come vuole il nome che porti, puoi aprire lo scrigno. Hai guadagnato il diritto di vedere ciò che c'è dentro, dunque fallo. Guarda dentro, Pandora, e poi lascia che lo facciano i tuoi amici, così che il loro impegno non risulti inutile. -
Vanessa tornò seduta a gustarsi la scena.

Pandora sfiorò la superficie bombata; la mano lesse l'intarsio sul legno dolciastro, la raggiera di un sole che si propaga dal Sapere e perfora le mani che offrono la B.
Per un istante Pandora guardò Vanessa e nei suoi occhi passò l'ala della gratitudine.
- Apri lo scrigno, tesoro, aprilo pure. -
Pandora sollevò il coperchio e il suo sguardo scese nell'incavo.
Tutto taceva.
L'espressione di Pandora passò dalla follia a una consapevolezza velata di serenità.

Lo scrigno toccò a Lafayette, che rimase inespressivo finché un sorriso gli scavò la guancia.
Fu poi la volta del principe, che strabuzzò gli occhi e bofonchiò qualcosa.
L'espressione di Sebastian, invece, ribadì la sua diffidenza.
Dopo che fu lo passò a Willy, ultimo della fila.
L'interno inciso a scalpellate rozze ha il fondo e i lati coperti da una tela verdina, un misero orpello pensato per proteggere l'oggetto che Willy vedeva adesso senza più il manto dei secoli e della leggenda a renderlo astratto.
Willy posò lo scrigno sul tavolo e alzò gli occhi a incontrare a turno quelli di Pandora, di Lafayette, del principe e di Sebastian; infine, ultimi e a fondo stanza, gli occhi di Vanessa mutevoli di riverberi dal basso.
Allora disse piano - Andiamo via. - poi in crescendo - Presto, andiamo! Dai, Pandora, scappiamo! - si scagliò a prenderne il braccio per condurla verso l'uscita, urtando le cose e spingendo chi trovava sul tragitto.
Fu Lafayette ad acciuffarlo per i capelli e a poggiargli il pugnale sotto la gola, costringendolo fermo quando fermo non c'era verso che stesse - Cosa diavolo ti prende, piccolo mostro? -
- Andiamo via, Pandora! Non capisci? Non capisci che sta arrivando? Presto, andiamo via da qui! -
Uno strattone più forte e Willy fu costretto al silenzio. Da fuori la porta, nel buio del soppalco, il cigolio del legno segnalò l'arrivo di qualcuno.
Tutti si volsero a guardare in direzione della porta.

La porta si spalancò: compreso tra Ottavio e Tenaglia. un tizio fu accompagnato a centro stanza - Maestà, compagni: questo individuo si aggirava furtivo presso il cancello d'ingresso. - Ottavio si scostò: l'uomo era Gas.

- Gas? Come hai fatto a trovarmi? - Willy si liberò della stretta e gli si fece incontro - Sono contento che tu sia qui, anzi no, io non lo so ... -
- Avete bene operato, signori. - il principe si sforzò di essere naturale - Sarà Lafayette a far sì che costui ci dica chi è e come fa a conoscere il Guglielmo. -
Vanessa, in fondo alla stanza, guardava il nuovo arrivato col richiamo che il cuore riserva a un incontro atteso.
- Gas: dobbiamo andare via immediatamente! Aiutami a convincerli, ti prego. Facciamo presto! Gas: mi ascolti? -
Willy sciolse l'abbraccio e fece un passo indietro, preda di un nuovo orrore: la persona davanti a lui era Gas, in tutto ma non nello sguardo. E proprio lo sguardo, straniero nel viso noto, era rivolto a Vanessa, ossessivamente e con dentro una dolcezza incurante del resto.
Lafayette prese Gas per il bavero, spostandone a sé il corpo ma non la considerazione, mentre Willy si faceva da parte con lo spavento dipinto sul volto.
- Dunque, signore, volete spiegarmi il motivo della vostra curiosità? - ma anche Lafayette non riusciva a intromettersi nello scambio di segreti tra Gas e Vanessa - Dico a voi, bel tomo. Volete rispondere o devo considerarmi schifato? - il tono non avrebbe ammesso ritardo se solo non vi fosse stata nell'aria, tra la polvere sospesa negli spicchi di luce, qualcosa d'indecifrabile ma di terribilmente forte.
Due occhi che tornano nel buio, i capelli che scintillano dentro una lama di sole, l'onda pigra che batte il legno.
Nel tentativo di carpirne l'attenzione, Lafayette mise il pugnale sotto il mento di Gas, che la presa al bavero aveva portato col viso a un palmo dal suo viso - Ebbene, signore? -
Lafayette si stupì, e molto, quando lo sguardo di Bartolomeo si fermò dritto nel suo.

Conclusione.

La brezza tornò a muovere il rampicante; sotto i raggi della luna, l'uomo ridicolo si fermò ad annusare i pollini di sambuco.
I rintocchi di una campana spinsero nel passato il diciassette di maggio.
L'ombrello fu appoggiato alla base della scala e il viso si alzò al cielo - *Stavolta non l'ha azzeccata, quel manichino: stavolta non pioverà, non fino a domattina.* -
Dal piano sopra si udì un tonfo, l'ultimo; il tipo buffo sospirò prima di attaccare la scala, mentre un tamburo suonava invano nella notte.

La macelleria degli uomini è finita e il tappeto ne assorbe il frutto quanto può; unici gesti improntati all'ordine nella confusione attorno, la ragazza del porto di Levante che raccoglie prima l'oggetto e dopo lo scrigno perché tornino insieme.
- È sempre bello ritrovarti. -
Il teschio è adesso tra le mani tenere e bianche; lei compare più lontana nello specchio che Bartolomeo ha di fronte a sé.
- È salvo anche stavolta. - quanto stridono il sorriso dolce e la voce di miele nuovo, in mezzo ai tranci grondanti sangue e vita che si spegne.
Lui, in piedi allo specchio, è coperto di sangue da sotto il naso fino ai piedi; tace, fermo a guardare lei riflessa e leggiadra nella veste che, in un giorno lontano, si è fissata per sempre.
Un passo pesante si avvicina dal buio del soppalco, il legno scricchiola nel sostenerlo.

La ragazza poggia sul tavolo il tesoro e prende dal cassetto un oggetto nero e pesante; Bartolomeo si volta verso di lei, così che nulla sia lasciato al caso che già troppe volte ha travolto il destino di molti.
La porta si apre e l'uomo stempiato e tondo entra per sistemarsi di lato - *Guarda come hanno conciato il tappeto.* - bofonchia tra sé.
Loro sono di fronte, pochi passi l'una dall'altro - Bartolomeo, Bartolomeo ... - il rimprovero saluta prima una lacrima e poi una seconda, gocce che disegnano una traccia chiara sulle guance insanguinate.
- Salvami. -
Lei gli sorride amorevole e accenna un gesto di assenso; poi alza l'avambraccio e comincia a sparare.

Ora giace in pezzi anche lo specchio miracolosamente illeso dalla carneficina di prima.
La ragazza del porto di Levante si china a sfiorare con le proprie le labbra di Bartolomeo - Arrivederci, amore. -
Poi raccoglie da terra un frammento di specchio, dove Vanessa si guarda per pulirsi dalla macchia di sangue che ha all'angolo della bocca.
L'uomo ridicolo passa una mano dalla testa nuda fino capelli sul collo. Lei posa sul tavolo la pistola e ripone nell'armadio il tesoro di San Barnaba dei Monti.
Pochi rumori secchi: l'anta che si apre e si chiude, il tipo buffo che si sistema comodo in poltrona, Vanessa che scavalca il cadavere di Gas, solleva la cornetta e compone il numero - Pronto, Polizia? -

Scritto tra dicembre duemilasette e febbraio duemilaotto, Teschio di cane è il settimo romanzo di Roberto Gualducci.
Nato come parodia di roba in voga tra cinema e letteratura, pian piano si è trasformato in un romanzo che addirittura si permette di sollevare un dubbio sull'utilità dell'amore.
Spero di aver scritto in modo originale di temi che originali non sono; e se qualche lettore riscontrasse delle analogie con cose già lette o viste, me ne scuso.
Ciò sarebbe da imputarsi alla poca perizia di chi ha scritto, ma non alla sua malafede.

I romanzi: Calypso, Lo scomodo, Opera buffa in assenza di luce, Una fantasma al citofono, Il ragazzo di marmo, Arnaldo va al mare, Teschio di cane, Gio' senza meta, Il Gran Ridicolo-Burlesque-scherzi per il nuovo millennio, Uran (o del lupo cattivo), L'attor giovane, Delinquente comune, Le altre città, Pantaleone alle crociate.

Made in the USA
Middletown, DE
06 November 2024